REVIEW

열일곱 살에, 학교 도서관에서 처음 캐드펠 수사 시리즈를 읽었는데 완전히 푹 빠지고 말았다. 어떻게 21세기 한국의 고등학생이 12세기 영국의 수도사에게 친밀감을 느낄 수 있었을까? 책을 펼치면 캐드펠 수사가 가꾸는 허브밭의 싱그러운 향이 미풍에 실려 오는 것만 같았고, 부지불식간에 이웃처럼 정이 든 마을 사람들이 삶의 우여곡절을 겪을 때는 함께 탄식했다. 그 생생한 경험을 통해 역사와 문학을 동시에 사랑하게 되었는지도 모르겠다.

    서른다섯 살이 되어 캐드펠 시리즈를 다시 읽고 싶어졌는데, 혹시 두 번째로 읽었을 때의 감회가 예전만 못할까 걱정했었다. 기우 중의 기우였다. 열일곱 살에 발견하지 못했던 부분들을 잔뜩 발견하며 읽을 수 있었고, 역사추리소설을 추천하는 자리에서 매번 자신 있게 추천하곤 했다. 소박하고 담백하게 시작해 역사의 큰 톱니바퀴와 힘 있게 맞물려 들어가는 이 놀라운 이야기에 대해 말할 때 한없이 행복했다.

    엘리스 피터스가 육십대 중반에 이처럼 대단한 시리즈를 시작했다는 것을 떠올리면 마음에 환한 빛이 든다. 먼 길을 다녀와 켜켜이 쌓인 지혜를 품고 유적지를 직접 걸으며 작품을 구상했을 작가를 상상하고 만다. 멋진 일은 언제든 시작될 수 있고, 심혈을 다해 빚은 이야기는 시간과 공간을 뛰어넘는다는 것을 보물 같은 작품들을 통해 믿게 되었다.

정세랑
소설가

REVIEW

엘리스 피터스는
가장 뛰어난 추리소설 작가다.
UMBERTO ECO
움베르토 에코

캐드펠 수사는 한 세기를
완벽하게 구가한 셜록 홈스에
비견되는 창조물이다.
LOS ANGELES TIMES
BOOK REVIEW
LA 타임스 북 리뷰

이보다 더 매력적이고 인상적인 탐정은
찾기 어려울 것이다.
SUNDAY TIMES
선데이 타임스

서스펜스와 역사소설이 혼합된
유쾌하고 독창적인 작품.
LONDON EVENING
STANDARD
런던 이브닝 스탠더드

시리즈가 추가될 때마다 기쁨을 느낀다.
연대기 시리즈가 계속 이어지기를 바란다.
USA TODAY
USA 투데이

캐드펠 수사는 분명 범죄소설의
컬트적 인물이 될 것이다.
FINANCIAL TIMES
파이낸셜 타임스

엘리스 피터스의 미스터리는 역사적 디테일,
마을과 수도원의 중세 생활상, 생생한
캐릭터 묘사, 우아하고 문학적인 문체 등
이야기 그 자체로 즐거움을 선사한다.
THE WASHINGTON POST
워싱턴 포스트

스타일과 격조를 갖춘 미스터리로
멋지게 포장된 뛰어난 역사소설.
THE CINCINNATI POST
신시내티 포스트

엘리스 피터스는 중세인들의 삶을 상세하고
설득력 있게 재현함으로써, 독자들을
강력하게 흡인하여 교묘하게 짜여진
중세의 어두운 미로 속으로 데려간다.
YORKSHIRE POST
요크셔 포스트

고전적인 의미의
선과 악이 격투를 벌이는 역작.
CHICAGO SUN-TIMES
시카고 선 타임스

특이한 베네딕토회:
캐드펠 수사의 등장

A RARE BENEDICTINE:
THE ADVENT OF
BROTHER CADFAEL

A RARE BENEDICTINE: THE ADVENT OF BROTHER CADFAEL
Copyright©1988 by Ellis Peters
All rights reserved.

Korean translation copyright©2025 by Bookhouse Publishers Co.
Korean edition is published by arrangement with
Intercontinental Literary Agency(ILA) through EYA(Eric Yang Agency).

이 책의 한국어판 저작권은 에릭양 에이전시를 통해 Intercontinental Literary Agency(ILA)와 독점 계약한 (주)북하우스 퍼블리셔스에 있습니다. 저작권법에 의해 한국 내에서 보호를 받는 저작물이므로 무단 전재와 무단 복제를 금합니다.

특이한 베네딕토회:
캐드펠 수사의 등장

엘리스 피터스 소설
박슬라 옮김

북하우스

CADFAEL

슈롭셔주 슈루즈베리

CADFAEL

**슈루즈베리
성 베드로 성 바오로 수도원**

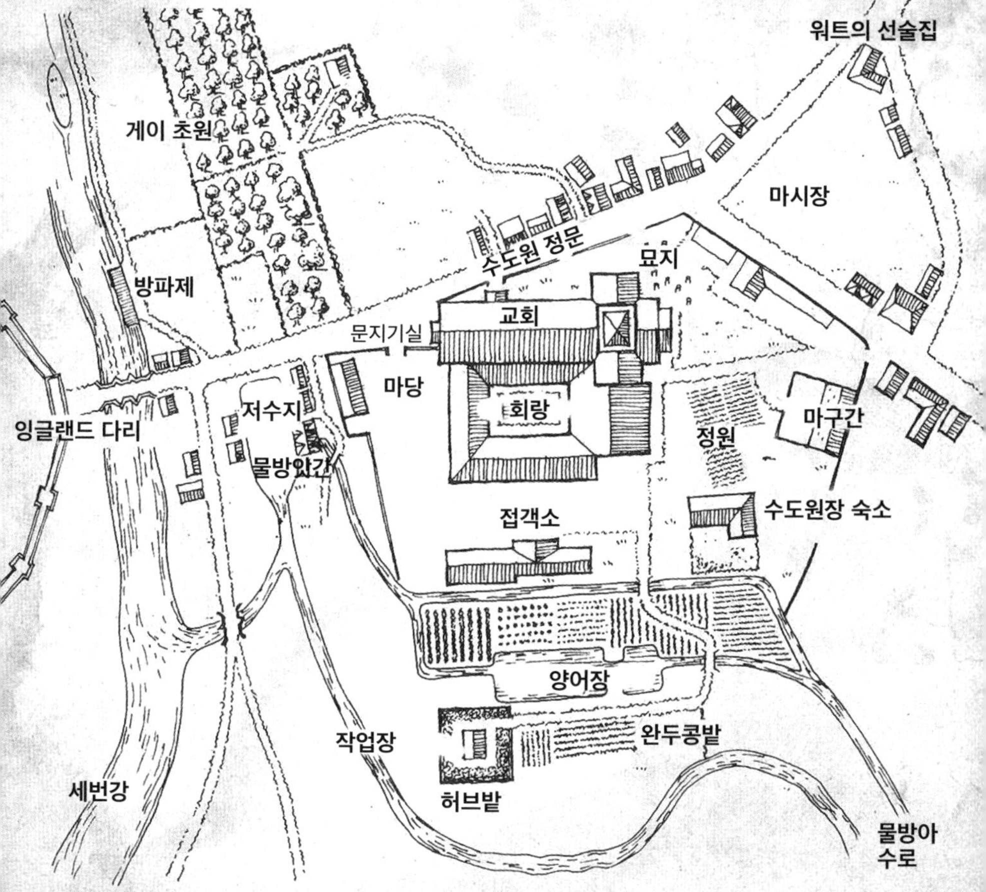

일러두기. 주석은 모두 한국어판 주다.

우드스톡으로 가는 길에 만난 빛
9

빛의 가치
53

목격자
93

작가의 말
145

주
149

우드스톡으로 가는 길에 만난 빛

1120년 늦가을, 막바지에 다소 지리멸렬했던 전투는 오래전에 끝났고 왕족 간의 결합을 통해 평화가 봉합되었음에도 왕은 잉글랜드로의 귀환을 서두르지 않았다. 헨리 왕[1]은 열여섯 해에 걸친 인내심과 교활함, 끊임없는 음모와 전투, 교묘한 배후 공작을 성공적인 결실로 일궈내어 이제 잉글랜드뿐 아니라 노르망디의 주인으로서 편안하고 만족스러운 지위를 누릴 수 있게 되었다. 정복왕 윌리엄[2]이 아들 로베르와 윌리엄에게 갈라준 선물을 막내아들 헨리가 마침내 하나로 통일한 것이다. 어떤 이들은 두 형이 더는 햇빛을 보지 못하게 된 것에 헨리의 손길이 미치지 않았을 리 없다고 수군댔다. 한 명은 윈체스터의 탑 아래 급조된 뭇자리에 묻혔고, 다른 한 명은 디바이지스에 포로로 수감되어 다시는 바깥세상을 보지 못할 터였다.

왕실이 승리를 만끽하며 느긋한 시간을 보내는 동안 헨리 왕은 아직 손볼 곳이 남은 문제들을 말끔히 정리했다. 그의 함대는 벌써 바르플뢰르에서 잉글랜드로 귀환할 준비를 시작했으니, 왕은 이번 달이 끝나기 전에 고향 땅을 밟을 예정이었다. 왕과 함께 싸운 많은 귀족과 기사들도 병력을 철수해 집으로 돌아가고 있었는데, 그중 로제 모뒤에겐 고향 집에서 자신을 기다리는 젊고 아름다운 아내가 있었다. 고향에서 기다리고 있는 것은 그뿐 아니라, 법과 관련된 골치 아픈 문제도 있었다. 게다가 본토에 도착한 뒤 그는 함께 배에 오른 스물다섯 명의 부하들 중 대다수에게 보수를 지급해야 했다.

그가 주군을 위해 이곳 노르망디에서 모집한 여러 부류의 하층민 중 한둘은 적어도 집에 안전하게 도착할 때까지는 가신들과 더불어 옆에 두고 계속 봉사하게 해도 좋을 것 같았다. 한 명은 군인이 되기 전에 떠돌이 서기였던 자로, 옷 벗은 사제인지 뭔지 필사 실력이 뛰어난 라틴어 학자였다. 그의 도움을 받으면 보기 좋고 훌륭한 양식을 갖춘 법률 문서를 작성해 우드스톡에 있는 왕의 법정에 제출할 수 있으리라. 다른 한 명인 웨일스 출신의 직업군인은 무뚝뚝하고 반항적이지만 무기를 다루는 데 능하고 한번 내뱉은 말은 반드시 지키는 데다, 바다에서나 육지에서나 경험이 많아 어떤 상황에서든 믿고 신뢰할 수 있었다. 로제는 사람들이 자신을 좋아하지 않는다는 사실을 잘 알았으며, 부하들의 용맹함이나 충성심을 그리 신뢰하지 않았다. 그러나 안타키아와 예루살렘, 그리고 오직 하느님만이 아실 곳을 거쳐 온 귀네드 출신의 이 웨일스인은 무기 다루는 법을 체득해 마치 제2의 천성처럼 몸에 두른 사람이었다. 로제를 좋아하든 아니든, 일단 봉사에 대한 약속만 받아낸다면 그는 맹세를 지킬 것이었다.

믿을 수 없으리만큼 평온한 11월 중순, 바르플뢰르에서 잔잔한 바다 위로 출항한 로제는 두 부하에게 이렇게 제안했다.

"잉글랜드에 도착하면 자네 둘은 노샘프턴에 있는 내 영지 서턴 모뒤로 함께 가서 내가 슈루즈베리 수도원을 상대로 제기한 송사가 해결될 때까지 녹을 받으며 봉사해주길 바라네. 전하께서 잉글랜드에 도착하시면 우드스톡에 오셔서 이번 달 23일에 재판을 주재하실 거야. 그날까지 나를 위해 일해주겠나?"

웨일스인은 재판 날까지, 아니면 송사가 해결될 때까지 그리하겠다고 대답했다. 이 세상 어디에도 딱히 자신을 다른 쪽으로 이끌 중요한 일이 없다는 듯 무덤덤한 태도였다. 노샘프턴이든 우드스톡이든 상관없었다. 그 후엔 또 어디로 갈까? 왜 그래야 하지? 어디를 가든, 어떤 길을 가든, 그를 손짓해 부르는 빛은 없었다. 세상은 넓고 아름답고 흥취로 가득했으나, 그를 인도해줄 이정표는 없었다.

지치고 찌든 서기 알라드는 조금 머뭇거리며 흰머리가 섞인 덥수룩한 붉은 머리를 긁적이다 승낙했지만 막연한 후회가 그를 다른 방향으로 잡아끌고 있는 것 같았다. 로제의 제안을 승낙한다는 것은 보수를 조금 더 오래 받는다는 의미였고, 그는 거절할 여유가 없었다.

"조금 더 서쪽으로 간다고 했다면 흔쾌히 동행하겠다 했을 텐데." 나중에 배의 난간에 기대어 잔잔한 바다 위로 잉글랜드의 낮고 푸른 해안선이 솟아오르는 모습을 바라보며 알라드가 말했다.

"왜지?" 캐드펠 압 메일리르 압 다비드가 물었다. "서쪽에 친척이라도 있나?"

"한때는 있었지. 지금은 없어."

"죽었나?"

"죽은 건 나야." 알라드가 앙상한 어깨를 힘없이 으쓱이며 피식 웃었다. "쉰일곱 명이나 되는 형제들이 있었는데 이제 내겐 아무도 없네. 마흔이 넘으니 형제들이 그립군. 젊었을 적엔 그들을 소중히 여기지도 않았건만." 알라드가 회한 가득한 눈빛으로 동료를 힐끗 쳐다보더니 고개를 가로저었다. "나는 이브셤의 수사였네. 다섯 살 된 나를 아버지가 하느님께 봉헌자로 바쳤지. 열다섯 살이 되었을 때 평생을 한곳에 갇혀 살 수는 없다는 생각에 수도원에서 도망쳤어. 정주定住는 우리 베네딕토회[3]의 서원 중 하나라네. 일정한 장소에 거주하면서 오직 허락이 있을 경우에만 외부에 나갈 수 있지. 내겐 맞지 않더군. 적어도 그땐 그랬지. 그들은 나 같은 사람을 '바구스'라고 불렀네. 역마살이 낀 경박하고 불성실한 영혼이란 뜻이야. 글쎄, 난 이미 아주 많은 곳을 돌아다녔어. 이젠 다시는 한곳에 머무르지 못할까 봐 두렵네."

웨일스인은 찬바람을 막기 위해 망토를 더 바짝 여몄다. "돌아갈 생각인가?"

"뱃사람도 언젠가는 닻을 내려야 해." 알라드가 말했다. "돌아가면 매질을 당하겠지. 그건 확실해. 하지만 속죄라는 게 있잖나. 고행으로 빚을 갚으면 과거를 깨끗하게 지울 수 있어. 죄를 전부 갚고 나면 있을 자리 하나쯤은 주겠지. 하지만 모르겠군…… 모르겠어…… 아직도 내 안의 바구스가 두 갈래 길 사이에서 갈등 중이네."

"스물다섯 해나 됐으니 한두 달쯤 더 생각할 시간을 갖는다 해서 나쁠 건 없지." 캐드펠이 말했다. "서류 작업을 하면서 어르신의 일이 해결될 때까지 잘 생각해보게."

둘은 비슷한 또래였지만 서원을 저버린 수사는 나이보다 10년은 더 늙어 보였고 수도원 안에서 갈망하던 세속 생활로 많이 지친 상태였다. 깡마르고 초라한 외모에 돈을 벌지도 좋은 물건을 소유하지도 못했으나, 세상을 떠돈 대가로 지혜를 얻었으니 공정한 결과인지도 몰랐다. 군인 생활 조금, 서기 생활 조금, 말 돌보기 조금, 손 닿는 일이라면 무엇이든 가리지 않고 건장한 남자가 할 수 있는 거의 모든 일을 해보았다. 남쪽으로는 이탈리아 로마까지 가봤고 플랑드르 백작 밑에서 봉사한 적도 있으며, 산맥을 넘어 스페인까지 갔었지만 그 어디에서도 오래 머문 적은 없었다. 발길을 끊임없이 놀렸으나 마음은 길 위의 생활에 점점 지쳐갔다.

"자네는 어떤가?" 그는 이번 종군을 통해 지난 1년 동안 알고 지내온 동료를 돌아보며 물었다. "자네도 나 같은 바구스 아닌가. 십자군 원정에 참여하고, 지중해에서는 오랜 세월 해적들과 전투를 벌이고, 그것으로도 모자라 다시 바다를 건너 노르망디까지 갔으니. 잉글랜드에 돌아가 더는 할 일이 없다면 이 진흙탕 같은 전쟁에 또다시 발을 들일 작정인가? 자네 마음을 전쟁터에서 멀어지게 해줄 여자도 없나?"

"그러는 자네는? 이젠 수도원을 나와 서약에서도 자유로우면서!"

"거참 이상하게도 그런 생각은 해본 적이 없단 말이지." 알라드는 스스로도 의아한 듯 말했다. "그래, 한창 열정에 달아오르던 시기에는 여기저기서 여자를 만나기도 했지. 나와 혼인을 하고 싶다던 여인도 있었고. 하지만 내게 혼인과 아내란…… 왠지 그럴 권리가 없는 것처럼 느껴졌어."

웨일스인은 잔잔하게 흔들리는 갑판 위에 꼿꼿이 선 채 멀리 보이던 해안이 점점 가까이 다가오는 모습을 응시했다. 넓은 어깨와 건장한 체격이 돋보이는 한창때의 이 근육질 사내는 갈색 머리칼에 동방의 햇빛과 야외 생활로 얻은 구릿빛 피부를 지녔으며, 질 좋은 옷과 가죽 코트 차림에 장검과 단검으로 무장한 상태였다. 충분히 매력적인 얼굴과 뚜렷한 이목구비, 강인한 골격 덕분에 젊은 시절에는 그를 잘생겼다고 말하던 여인도 있었다.

"내게도 여인이 있었지." 그가 상념에 잠겨 말했다. "오래전,

성전에 나서기 전의 일이야. 하지만 십자군에 참가하면서 3년간 그녀를 홀로 두었고 이후로도 17년이나 떠나 있었어. 사실 동방에 있을 때는 그녀를 아예 잊고 지냈다네. 서쪽에 있던 그녀 역시 하느님께 감사하게도 나를 잊었고. 나중에 돌아와 수소문해보니 방랑기라곤 전혀 없는 알차고 견실한 사내와 혼인을 했더군. 슈루즈베리 마을의 길드 조합원 겸 고문이라지. 그래서 양심의 짐을 내려놓고 내가 할 줄 아는 군인의 일로 돌아갔어. 후회는 없네." 그는 담담하게 말했다. "어차피 오래전에 끝난 일이야. 혹여 다시 만나더라도 그녀를 알아볼 수 있을지, 또는 그녀가 날 알아볼 수 있을지 모르겠군." 사이사이 스쳐 지나간 다른 여러 여인들의 얼굴은 기억 속에 생생하건만 그녀의 얼굴만은 안개에 묻혀 흐릿했다.

"자넨 어떻게 할 건가?" 알라드가 물었다. "왕은 원하던 걸 모두 얻었어. 아들은 앙주와 멘의 왕가와 혼인했고 전쟁도 끝났잖나. 동방으로 돌아갈 생각인가? 그곳엔 분쟁이 끊이지 않으니 심심할 일은 없겠지."

"아니." 캐드펠은 견고한 대지와 절벽의 기복이 드러나기 시작한 해안에 시선을 고정한 채 말했다. 그곳의 일 역시 이미 오래전에 끝났고 바랐던 결실은 얻지 못했다. 이 지리멸렬한 노르망디 원정은 일종의 후기나 추신, 과거에 있었던 일과 앞으로 다가올 일 사이의 공백을 채우는 수단일 뿐이었다. 그가 아는 것이라곤 지금 자신이 뭔가 새롭고 중대한 일, 또 다른 방으로 이어지는 열린 문 앞에 서 있다는 것뿐이었다. "우리 둘 다 앞으로 한동안은 거취를 고민해야 할 것 같군. 시간을 최대한 활용해야지."

밤이 오기 전에 배가 요동치는 바람에 두 사람은 이후에 대해, 지나간 일이나 앞으로 다가올 일에 대해 고민할 여유가 없었다. 그들을 태운 선박은 순조로운 바람을 타고 꾸준히 미끄러져 해가 저물기 전에 사우샘프턴에 도착했다. 알라드는 배에서 내리는 짐을 점검했고 캐드펠은 말을 끌어 내렸다. 오늘은 마을 숙소와 마구간에서 밤을 보내고 동이 트면 길을 떠날 것이었다.

"그러니까, 왕이 우드스톡에서 이번 달 23일에 재판을 주재할 거란 말이지." 알라드가 마구간 다락에 쌓인 따뜻한 짚 더미 위에서 뒤치락거리며 졸음에 겨운 목소리로 말했다. "숲속 별장을 왕궁으로 삼아, 웨스트민스터보다 우드스톡에서 국정 운영을 더 많이 논의한다더군. 거기서 애완동물을 잔뜩 키우는데 사자와 표범, 심지어 낙타까지 있다고 들었어. 낙타를 본 적 있나, 캐드펠? 동방에서?"

"봤다 뿐인가. 직접 타보기도 했는걸. 그곳에선 말만큼이나 흔한 짐승인데, 부지런하고 쓸모가 많지만 사람이 타기엔 좀 불편하고 성질이 고약하지. 내일 우리가 말을 타게 되어 다행이야." 이후 긴 침묵 끝에 잠이 들기 직전, 캐드펠이 지푸라기 냄새 가득한 어둠을 향해 호기심 어린 목소리로 물었다. "만약 돌아간다면 이브셤에서 얻고 싶은 게 뭔가?"

"내가 그걸 어찌 아나?" 알라드가 졸린 목소리로 대답하더니 돌연 또렷이 깬 듯 뾰족한 한숨을 내쉬었다. "아마도 평온함이겠지. 어쩌면…… 고요함일 수도 있고. 모르겠어. 더는 달릴 필요가 없다는 것. 마침내 목적지에 도착했으니 뛰고 달릴 필요가 없다는 것. 취향도 바뀌는 모양이야. 난 이제 가만한 것이 아름답다고 생각해."

*

 군데군데 흩어져 있는 로제 모뒤의 영지들 중에서도 최고로 꼽히는 곳은 노샘프턴의 남동쪽, 왕의 사냥터이기도 한 우거진 언덕의 긴 능선 아래 자리 잡은 장원으로, 넓은 목초지가 그 사이에 있는 풍요로운 저지대에 걸쳐 펼쳐져 있었다. 커다란 석조 저택에는 깊고 둥근 지하실이 파여 있었고, 동쪽 끝에는 두 개의 방이 딸린 낮은 탑이 있었다. 담벼락을 따라 튼튼한 외양간과 헛간, 마구간이 늘어선 모습이 특히 인상적이었다. 영주가 헨리 왕을 좇아 자리를 비운 사이 누군가 유능한 집사의 역할을 했음을 입증하는 모습이었다.
 집 안의 가구 역시 나무랄 데 없이 관리되고 있었고, 남녀 하인들은 자신들을 관리하는 이에 대한 경외심을 증명하듯 활기차면서도 조심스럽게 할 일을 했다. 에드위나 부인이 일하는 모습을 단 하루만 지켜보면 누가 이곳을 지배하는 실권자인지 알 수 있을 것이다. 로제 모뒤는 아름다울 뿐 아니라 유능하고 권위 있는 아내와 결혼했다. 그녀는 지난 3년간 자기만의 방식으로 장원을 운영해왔으며, 겉으로 보이는 모든 징후로 미루어 그러한 권력을 즐기고 있었다. 어쩌면 집에 돌아온 남편이 반갑긴 해도 권력을 내려놓는 것은 그리 달갑지 않을지도 모른다.

에드위나 부인은 키가 크고 우아한 여성으로 로제보다 열 살이나 어렸다. 금발이 풍성하고, 커다란 푸른 눈은 평소 터무니없으리만큼 긴 속눈썹에 반쯤 가려져 있지만 눈을 완전히 뜰 때면 총명함과 강인한 도전 의식이 번뜩였다. 거의 늘 정중한 미소가 어려 있는 얼굴은 생각을 드러내기보다 감추는 데 능숙했다. 남편의 말이 정문을 들어서는 순간부터 그녀는 가능한 모든 의전과 애정을 아낌없이 베풀며 집주인을 맞이했으나, 동시에 캐드펠은 영주가 데려온 모든 사람들과 그들이 걸친 장비며 마구, 무기를 야무지게 뜯어보는 그녀의 모습이 마치 질투심에 사로잡힌 이가 혹시 남들이 자기 물건을 훔치는 건 아닌지 확인하는 것 같다는 생각이 들었다.

그 옆에는 일곱 살쯤 되어 보이는 어린 아들이 제 엄마의 손을 잡고 서 있었다. 똑같은 금발과 푸른 눈, 모친과 똑닮은 오만하면서도 신중한 미소를 가진, 모친처럼 말쑥하고 고운 아이였다.

부인은 알라드의 초라한 차림새를 살피며 그의 도덕성을 의심하는 듯한 눈빛을 보냈지만 그가 지닌 능력만큼은 기꺼이 인정하고 활용할 의향이 있었다. 장원의 공문서와 장부를 관리하는 서기 또한 제법 유능하나, 라틴어를 할 줄 모르고 법정 서체에 능숙지 못한 터였다. 큰 난로 옆에 있는 작은 탁자로 곧장 안내된 알라드는 업무에 돌입해, 계약 증서와 서신을 베끼고 제출할 준비를 시작했다.

"슈루즈베리 수도원을 상대로 한 소송이야." 마침내 고된 일거리에서 해방된 알라드가 홀에서 저녁 식사를 마친 뒤 말했다. "자네 연인이 그 마을 상인과 결혼했다고 했지? 슈루즈베리 수도원은 우리 이브셤 수도원과 같은 베네딕토회지." 떠나온 지 그토록 오랜 세월이 지났음에도 그는 여전히 그곳을 **우리** 수도원이라고 불렀다. 아니면 오랜 시간이 한때의 불화를 씻어낸 까닭에 다시금 그곳을 자신이 속한 곳이라 느끼는 것일까? "혹시 그곳 출신이면 미리 알아두라고 말하는 걸세."

"난 귀네드의 트레브리우 출신일세." 캐드펠이 대답했다. "하지만 일찌감치 잉글랜드의 양모 상인 밑에서 일하게 되어 그 집 식솔들과 함께 슈루즈베리로 왔지. 그때 나이가 열넷이었는데, 웨일스에서는 열넷이면 성인이고 난 단궁을 잘 쏘는 데다 자연스레 검도 잘 다뤘으니 옆에 두기에 충분했을 거야. 그 뒤로 인생의 가장 좋은 시절을 슈루즈베리에서 보냈지. 그곳이라면 내 손바닥처럼 훤하게 알아. 수도원도 마찬가지고. 내 주인이 글자를 익히라고 1년 넘게 수도원에 다니게 했거든. 하지만 주인이 돌아가신 후 그분 아들에게는 봉사를 약속하지 않고 일을 그만뒀네. 그는 자기 부친에게 못 미치는 그림자에 불과했으니까. 그러곤 십자군 원정에 참여했지. 그땐 나처럼 혈기에 불타는 많은 사람들이 그랬어. 그 이후의 삶이 전부 잿더미였다고는 할 수 없지만, 가끔씩만 아주 약하게 타오르곤 했지."

"분쟁 중인 땅을 소유하고 있는 건 모뒤야." 알라드가 말했다. "소유권을 되찾기 위해 소송을 제기한 쪽이 수도원이고. 모뒤의 선친이 죽은 뒤로 4년이나 합의를 보지 못하고 계속 분쟁을 이어왔지. 내가 아는 한, 솔직히 로제보다는 베네딕토회의 정직성을 훨씬 높이 평가할 수밖에 없을 걸세. 그렇지만 로제의 증서도 진짜인 것 같긴 해."

"그들이 다투고 있는 땅이 어디지?" 캐드펠이 물었다.

"롯슬리라는 장원인데, 스트레튼 근처에 있네. 토지와 마을, 교회의 성직 임명권까지 딸려 있지. 선선대 백작이 사망하고 수도원이 아직 건축 중일 때 로제의 부친이 롯슬리를 수도원에 증여한 모양이야. 그에 대해선 의심의 여지가 없네. 증서가 있거든. 하지만 수도원에서 말년을 조용히 보낼 수 있도록 그를 종신 세입자로 받아주었고, 로제는 혼인해서 이곳 서턴에 정착했지. 그러다 문제가 발생했네. 수도원 측은 로제의 부친이 사망하면 임차 계약이 종료되는 것으로 합의했으며 본인도 그렇게 이해하고 있었으니 그가 사망한 즉시 장원을 수도원에 반환해야 한다고 주장하고 있어. 반면에 로제는 장원을 무조건 돌려주겠다는 합의 같은 것은 없었고 임차 계약은 모뒤 가문과 맺은 것이므로 부친이 돌아가셨어도 그 권리가 계속 세습되어야 한다고 주장하지. 그리고 지금까지 필사적으로 그 주장을 고수하는 중이야. 몇 번의 심리 끝에 수도원 측이 왕께 청원을 올려서 나와 자네가 내일모레 영주와 함께 우드스톡으로 왕을 뵈러 가게 된 걸세."

"로제가 이길 가능성이 얼마나 되나? 본인 스스로도 아주 확신하지는 못하는 것 같던데." 캐드펠이 말했다. "지난 며칠 내내 손톱을 물어뜯으며 초조하게 구는 걸 보면 말이야."

"흠, 확실히 더 구체적인 표현을 사용했더라면 좋았을 걸세. 계약 증서에는 노인이 살아 있는 동안 임차를 허락한다고만 쓰여 있을 뿐 그 후에는 어떻게 할지에 대한 언급이 없거든. 내가 듣기로 풀처드 수도원장과 선대 영주는 매우 사이가 좋았고, 장부에 기록된 다른 문제들에 대해서도 그저 서로를 신뢰하는 이들 사이의 합의라고만 적혀 있어. 풀처드 수도원장도 이미 고인이라 증인은 전부 죽고 이제 고드프리드 수도원장 한 분만 남았지. 하지만 수도원에서 두 사람 사이에 오고 간 서신을 보관하고 있을 수도 있네. 서신도 공문서 못지않게 서로의 의사를 입증하는 증거가 되거든. 뭐, 때가 되면 알게 되겠지."

단상 위의 귀족들은 자리를 뜰 생각이 없어 보였다. 이미 제 몫의 술을 꽤 마신 로제는 와인 잔을 앞에 둔 채 침울하게 앉아 있었다. 캐드펠은 그 옆에 앉은 식솔들을 흥미롭게 지켜보았다. 소년은 나이 든 보모의 손에 이끌려 잠자리에 든 지 오래였고, 에드위나 부인은 영주의 왼편에 앉아 얌전하고 은은한 미소를 띤 채 그의 잔을 채워주고 있었다. 부인 왼쪽에는 스물다섯 살쯤 되어 보이는 잘생긴 젊은 향사가 앉아 있었는데, 정중하고 조심스러운 태도며 얼굴에 어린 미소가 왠지 부인의 남성 버전을 보는 듯했다. 즐거워서인지 아니면 재미있어서인지, 대체 무엇 때문에 미소를 짓고 있는지는 몰라도 그들의 웃음은 마치 캐드펠이 오래전 그리스에서 봤던 옛 석조 조각상의 미소처럼 내밀한 것이 보는 사람을 다소 불안하게 만드는 구석이 있었다. 온화하고 보기 좋고 정감 가는 외모와 잘 빗어 넘긴 곱슬머리, 예의 바른 태도를 갖춘 이 체구 크고 건장한 젊은이의 매끄러운 턱은 단호하게 다물려 있었다. 캐드펠은 그를 흥미롭게 관찰했다. 젊은이는 여기서 특권을 누리고 있는 것이 분명했다.

"고슬린이야." 알라드가 친구의 시선이 향한 곳을 눈치채고 말했다. "로제가 없는 동안 부인의 오른팔이었지."

보아하니 이젠 왼팔인 것 같은데. 캐드펠은 생각했다. 부인이 남편의 귀에 대고 애교 부리듯 뭔가 속삭이는 동안 그녀의 왼손과 고슬린의 오른손은 식탁 아래 숨어 있었다. 지금 이 순간 그 두 손이 서로 얽혀 있는 게 아니라면 캐드펠은 손에 장을 지질 것이다. 식탁보 안과 바깥은 서로 다른 두 개의 세상이나 다름없었다. '로제의 귀에 무슨 말을 불어넣고 있을지 궁금하군.' 캐드펠은 생각했다.

사실 부인은 남편의 귀에 이렇게 속삭이고 있었다. "별것도 아닌 일에 초조해하시네요. 상대가 아무리 강력한 증거를 갖고 있다 한들 우드스톡에 제때 도착해 제시하지 않으면 무슨 소용인가요? 법을 아시잖아요. 송사의 한쪽 당사자가 출석하지 않으면 다른 당사자의 주장대로 판결이 내려지죠. 순회재판소의 판사가 재량에 따라 한 번 이상 불출석을 허용할 순 있지만, 과연 헨리 왕이 그렇게 할까요? 왕과의 약속을 지키지 않은 자는 바로 패소할 거예요. 그리고 당신은 헤리버트 부수도원장[4]이 어떤 길로 올지 알잖아요." 그녀의 목소리가 로제의 귓가에서 마치 비단처럼 부드럽게 사부작거렸다. "그 길이 지나는 우드스톡 북쪽 숲에 사냥용 산장이 한 채 있지 않나요?"

로제의 손이 와인 잔의 아랫동을 세게 움켜쥐었다. 그는 심하게 취하지 않은 상태로 집중해 듣고 있었다.

"헤리버트라면 슈루즈베리에서 우드스톡까지 이틀에서 사흘은 걸릴 거예요. 미리 북쪽 길에 감시자를 심어놓고 신호를 보내달라 하면 되죠. 숲은 울창하고 떠돌이 범법자들이 출몰한다고들 하잖아요. 혹시 대낮에 일이 벌어지더라도 당신 짓이라는 건 들키지 않을 거예요. 며칠만 가둬두었다가 밤중에 풀어주면 누가 그를 가두고 강탈했는지 아무도 몰라요. 그 사람이 갖고 있을 양피지 문서는 건드릴 필요도 없죠. 강도라면 그런 걸 쓸모없다고 여길 테니까. 보통 강도들이 가져갈 법한 것만 빼앗으면 다들 범죄자의 짓이라 생각할 거예요."

로제는 굳게 다물고 있던 입을 열어 자신 없는 목소리로 으르렁거렸다. "헤리버트 혼자 여행하지 않을 텐데."

"하! 고작해야 수도원 하인 두세 명 정도겠죠. 토끼처럼 튀어 도망갈걸요. 뭐 하러 그런 걸 걱정해요? 건장하고 입 무거운 부하 셋이면 충분할 거예요."

로제는 곰곰이 생각에 잠겼다. 아내의 말이 맞다는 생각이 들었다. 그는 속으로 가신들 중 누가 이 일에 적합할지 따져보기 시작했다. 이방인인 웨일스인과 서기는 해당되지 않았다. 그들은 혹시라도 심문을 받게 될 경우 정직한 목격자 역할을 하게 될 것이었다.

*

그들은 11월 20일에 서턴 모뒤를 떠났다. 쓸데없이 일찍 출발하는 듯싶었지만, 로제가 우드스톡 근방 숲속에 있는 사냥용 산장에 묵기로 결정한 터였다. 그러자면 오두막을 그럭저럭 머물 만한 곳으로 만들고 일행이 최소 사흘 밤은 버틸 생필품을 챙겨 가는 것이 현명했다. 로제는 소송 패소로 이어질지 모를 어떤 위험도 감수하지 않을 거라고, 재판이 열리는 장소에 여유 있게 도착해 모든 증거를 철저히 준비할 거라고 선언했다.

"하지만 이미 다 준비돼 있는데." 직업인으로서의 자존심에 상처를 입은 듯 알라드가 투덜댔다. "나와 함께 모든 증거를 검토했어. 구체적인 지침을 세우지 않아도 워낙 단순한 사건이라 법정에서 충분히 주장을 펼칠 수 있을 걸세. 수도원 측에서 뭐라고 반론할지는 알 수 없지만 말이야. 그쪽에선 수도원장이 몸이 안 좋아 부수도원장이 대신 온다더군. 내가 할 일은 이제 끝났네."

서쪽을 향해 출발하는 알라드의 시선은 어딘지 모를 머나먼 곳에 고정되어 있었다. 우리에 갇혀 보이지 않는 곳을 갈망하는 사람, 혹은 갇혀 있다가 마침내 풀려나 지친 몸을 이끌고 집으로 돌아가는 이의 눈빛이었다. 아니면 세상 밖으로 도망친 방랑자나 문이 닫히기 전에 서둘러 귀환하는 참회자의 눈빛이라 해야 할까? 저러한 표정과 눈빛은 무언가를 갈망하거나 사랑하는 이에게서만 볼 수 있으리라.

알라드와 캐드펠 외에도 로제의 옆에는 무장을 갖춘 직업군인 세 명과 마부 두 명이 동행했다. 알라드와 캐드펠은 법정에서 송사가 해결되면 계약이 종료되어 어디든 원하는 곳으로 떠날 수 있었다. 말을 소유하고 있는 캐드펠은 자신의 말을 탔지만 알라드는 평소에 타던 조랑말이 로제의 것이었기에 걸어야 했다. 향사인 고슬린도 일행들 사이에서 장검과 단검으로 무장한 채 안장 위에 앉아 있었는데, 이는 캐드펠에게 다소 의외의 일로 여겨졌다.

"놀랍군." 캐드펠이 약간 비꼬듯이 말했다. "영주가 집을 떠나는데 부인이 자신을 호위해주는 향사를 딸려 보내다니 말이야."

하지만 에드위나 부인은 모두에게 차분하게 작별 인사를 건넸고, 남편에게는 특히 애정을 담뿍 드러내며 어린 아들을 내밀어 그가 끌어안고 입맞추게 했다. 캐드펠은 경계심을 누그러뜨리며 생각했다. 내가 오해한 모양이야. 왠지 서늘한 느낌이 드는 건 다저 미소 때문이겠지. 어쩌면 그녀는 세상에서 가장 충직한 아내인지도 모르는데.

아침 일찍 출발한 그들은 버킹엄에 도착하기에 앞서 브래드웰의 작고 가난한 수도원에 들렀다. 로제는 세 명의 부하들과 여기서 밤을 보내기로 했고, 고슬린과 나머지 일행은 그다음 날 영주를 맞이할 준비를 하기 위해 내처 산장으로 향했다. 산장에 도착할 무렵에는 날이 저물고 있었다. 불을 피우고, 집을 밝히고, 조랑말에서 침구류와 짐을 내리는 등 분주한 움직임이 밤까지 이어졌다. 울창한 숲속에 자리한 사냥용 산장은 작지만 방책에 둘러싸여 있고 길게 늘어선 마구간도 갖춘 터라 활활 타오르는 난롯불과 식탁 위 음식만 있다면 꽤 안락하게 머물 수 있는 곳이었다.

저녁 식사 후 불가에서 몸을 녹이며 알라드가 말했다. "슈루즈베리의 부수도원장이 오는 길 중간에는 이브셤이 있지. 그러니 틀림없이 거기서 마지막 밤을 보낼 걸세." 캐드펠은 서쪽에 가까워질수록 알라드의 몸이 점점 더 간절하게 앞으로 쏠리고 있음을 알아챈 터였다. "그 길은 여기서 별로 멀지도 않아. 이 숲을 지나가거든."

"이브셤까지 50킬로미터는 좋이 될 텐데." 캐드펠이 말했다. "성직자라면 꽤 오래 걸릴 거야. 밤이 되어서야 우드스톡에 도착하겠군. 떠날 생각이라면 적어도 보수를 받을 때까지 기다리게. 그 50킬로미터를 다 가기 전에 돈이 필요해질 테니까."

그들은 더는 말없이 따뜻한 홀에서 잠들었다. 알라드는 수도원으로 돌아갈 것이다. 그 자신은 아직 깨닫지 못하고 있는지 몰라도 캐드펠은 알았다. 그의 친구는 코끝으로 마구간 냄새를 맡은 지친 말이었으니, 그 무엇도 그가 보금자리를 찾아가는 것을 막지 못할 것이었다.

로제와 그의 호위대가 도착했을 때는 이미 한낮이었다. 그들은 먼저 온 이들처럼 길을 곧바로 따라오는 대신 숲의 북쪽으로 우회해 왔다. 매나 사냥개를 데리고 오지 않았다는 점만 빼면 마치 몰이사냥이나 매사냥을 하는 것 같았다. 말을 타기에 좋은 맑고 선선한 날을 만끽하느라 일부러 먼 길로 돌아온 것일까? 아닌 게 아니라 다들 왠지 기분이 매우 좋아 보였다! 하지만 로제는 소송에 대한 걱정과 불안 때문에 다른 것에 정신을 팔 여유가 없을 텐데. 캐드펠은 탐탁지 않은 가능성과 그 전개 양상에 대해 생각해 보았다. 전쟁에 참여해본 그는 대부분의 경우 이런 예측이 얼마나 중요한지 알고 있었다. 영주를 맞이하러 문 앞에 나간 고슬린은 일행이 어느 방향에서 왔는지 눈치채지 못한 것 같았다. 그들이 돌아온 북쪽에는 알라드의 안식처로 이어지는 간선도로가 있었다. 하지만 그게 로제 모뒤와 무슨 상관일까?

그날 밤 식탁은 호화로웠고, 영주와 향사는 걱정스러운 기색이 전혀 없이 잘 먹고 마셨다. 하지만 낮은 자리에서 지켜보던 캐드펠은 그들에게서 약간의 긴장과 예민함을 느꼈다. 흠, 왕의 재판을 앞두고 있어서일까? 전투를 위해 제 나름의 무기로 무장한 슈루즈베리 부수도원장의 존재가 시시각각 가까워지는 중이니. 하지만 그들이 풍기는 긴장감은 불안한 마음에서 기인했다기보다는 오히려 도취에 가까워 보였다. 혹시 알을 깨기도 전에 벌써부터 병아리를 세고 있는 걸까?

11월 21일 아침이 밝아오고 정오가 지나자 알라드의 불안과 초조함은 매 순간 부풀어갔으니, 저녁 무렵 그는 이에 완전히 사로잡혀 더는 저항조차 불가능해졌다. 알라드는 맛있는 음식과 포도주로 마음이 한결 느긋해진 로제의 앞에 나아가 섰다.

"영주님, 내일이면 어르신에 대한 제 봉사가 끝납니다. 더는 저를 필요로 하지 않으시니 승낙해주신다면 저는 이제 가야 할 곳으로 떠나고자 합니다. 걸어서 여행할 예정이라 필요한 물자를 조달해야 합니다. 제가 해드린 일에 만족하셨다면 치러야 할 것들을 치러 저를 보내주십시오."

로제는 홀로 깊은 생각에 잠겨 있다가 알라드의 말에 깜짝 깨어난 듯 보였다. 그러곤 자기가 하던 생각으로 빨리 돌아가고 싶은지 불평 없이 바로 돈을 셈해주었다. 공정하게 말해서, 로제는 결코 돈에 인색한 주인이 아니었다. 처음에는 최대한 강경하게 홍정하긴 해도, 일단 합의가 이뤄지면 약속을 지켰다.

"언제든 원할 때 가게." 로제가 말했다. "길을 떠나기 전에 부엌에서 가방도 채우고. 자네는 할 일을 아주 훌륭히 해줬어. 그건 인정하지."

이어 로제는 조금 전까지 사로잡혀 있던 생각으로 다시 돌아갔고, 알라드는 주인의 너그러운 선물과 자신의 빈약한 소유물을 챙기러 갔다.

"난 가네." 홀 입구에서 알라드가 캐드펠에게 말했다. "가야만 해." 일말의 의구심도 없는 표정과 목소리였다. "수도회에선 날 다시 받아줄 거야. 가장 낮은 직책이 주어지겠지만, 그러니 더 이상 떨어질 곳도 없겠지. 복되신 베네딕토께서 세 번 길 잃은 이도 완전한 개심을 맹세한다면 다시 받아들일 수 있다고 회칙에 밝히셨거든."

달도 별도 보이지 않는 어두운 밤이었으나 바람이 구름을 가르는 찰나의 순간 달빛이 비쳐 들었다. 지난 이틀 동안 날씨가 거칠고 돌풍이 몰아쳤으니 왕의 함대는 바르플뢰르에서 험난한 길을 헤치며 오고 있을 터였다.

"아침까지 기다렸다가 날이 밝은 후 떠나는 게 낫지 않겠나." 캐드펠이 설득했다. "여기에는 안전한 잠자리가 있고, 왕의 평화가 아무리 잘 지켜진다 한들 모든 길 위에 미치지는 않네."

하지만 알라드는 더 기다릴 생각이 없었다. 수도회로 돌아가고자 하는 갈망은 너무도 강렬했고, 기독교 세계의 모든 길을 밤낮으로 누비던 빈털터리 방랑자가 겨우 50킬로미터밖에 되지 않는 마지막 길을 두려워할 리 없었다.

"그렇다면 내가 큰길까지 배웅하지." 캐드펠이 말했다.

지금 그들이 있는 오두막에서 이브셤으로 향하는 서북서쪽 도로에 닿으려면 울창한 숲 사이로 난 오솔길을 따라 1.5킬로미터쯤 걸어야 했다. 양옆에 높은 나무가 늘어선 좁고 구불구불한 길은 숲속만큼이나 어둡고 컴컴했다. 헨리 왕은 우드스톡의 사유지에 울타리를 쳐서 야생동물을 보호했지만, 수 킬로미터에 걸쳐 펼쳐진 이곳에서는 사냥을 즐겼다. 도로에 이르자 두 사람은 헤어졌다. 캐드펠은 가만히 서서 친구가 속죄와 사면이 약속된 곳에 시선을 고정한 채 느릿하나 꾸준히 걸음을 옮겨 서쪽으로 나아가는 모습을 지켜보았다. 피곤하고 지친, 그러나 확신에 찬 남자의 모습이었다.

조금씩 멀어지던 그림자가 어두운 밤 속으로 녹아들자 캐드펠은 산장 쪽으로 돌아섰다. 그는 서두르지 않았다. 바람이 거셌지만 춥지 않았고, 가장 친밀했던 사람이 종교적 황홀감에 사로잡혀 떠나간 지금 다른 일행들과 함께 시간을 보내는 게 내키지 않았기 때문이다. 그는 한참 동안 숙소로 돌아가기를 거부하듯 나무 사이를 거닐었다.

나뭇가지가 바람에 쉴 새 없이 흔들리며 부대끼는 소리 때문에 하마터면 불현듯 먼 곳에서 터져 나온 난투와 고함 소리를 듣지 못할 뻔했다. 말의 신경질적인 울음에 화들짝 놀란 캐드펠은, 다음 순간 크고 혼란스러운 음성과 나뭇가지가 부러지고 꺾이는 소리를 향해 덤불숲을 뚫고 달려가기 시작했다. 소란이 발생한 장소까지는 조금 거리가 있는 것 같았다. 캐드펠은 덤불 속으로 황급히 어깨를 들이밀고 돌진하다가 서로 엉켜 있던 사람 둘과 강하게 충돌했다. 두 몸뚱이가 빙그르 회전하면서 양쪽으로 떨어져 나갔고, 캐드펠 역시 그중 하나를 깔아뭉개며 풀밭에 나뒹굴었다. 밑에 깔린 사내가 겁에 질리고 분노에 찬 비명을 내질렀는데,

다름 아닌 로제의 음성이었다. 다른 한 사람은 아무 소리도 내지 않은 채 가볍고 빠른 움직임으로 나무 사이로 사라졌고 뒤이어 어둠이 키 큰 그림자를 삼켜버렸다.

캐드펠은 다급히 몸을 일으키며 숨을 헐떡이는 남자를 향해 팔을 뻗었다. "어르신, 괜찮으십니까? 도대체 무슨 일이 있었던 겁니까?" 손에 잡힌 소매가 따뜻하고 축축했다. "다치셨군요! 가만히 계십시오. 상태가 어떤지 좀 봐야겠습니다……."

그때 고슬린의 목소리가 들렸다. 놀란 듯 큰 소리로 주군을 부르며 덤불을 뚫고 달려와 로제의 옆에 무릎을 꿇더니 격노해 탄식했다.

"어르신, 무슨 일이 있었던 겁니까? 도적놈들이 숲을 돌아다니고 있었나요? 감히 왕의 길 가까이에서 여행자들을 노략질하다뇨? 다치셨군요. 피가 납니다……."

로제는 숨을 고르고 일어나 앉아 왼쪽 어깨 아래쪽을 만져보고는 움찔했다. "팔을 조금 긁혔을 뿐이야…… 신께서 저주를 내리시길. 놈이 내 심장을 노렸어. 자네가 황소처럼 들이받지 않았다면 난 죽었을지도 모르겠네. 다행히 단검 끝이 빗나갔지. 하느님께 감사하게도 크게 다치진 않았지만 피가 흐르는군…… 산장으로 돌아가게 도와주게!"

"밤에 자기 소유의 숲을 마음껏 다니지도 못하다니." 고슬린이 화를 내며 주군을 조심스럽게 일으켜 세웠다. "도적들이 습격을 하다뇨! 좀 도와줘요, 캐드펠. 다른 쪽 팔을 잡아요…… 우드스톡 코앞에서 무법자들이 활개치고 있다니, 도무지 믿을 수가 없군요! 내일 당장 근방을 샅샅이 뒤져 놈들을 찾아내야 합니다. 혹시 놈들이 누굴 죽일—"

"어서 날 데려가 코트와 셔츠를 벗기고 상처부터 지혈해!" 로제가 빠르게 쏘아붙였다. "내가 살아 있잖나. 중요한 건 그거지!"

두 사람은 로제를 양옆에서 부축해 조금 넓은 길을 따라 산장으로 향했다. 가는 길에 캐드펠은 문득 은밀한 전투의 소란이 완전히 멈추고 바람마저 잦아들었음을 깨달았다. 하지만 어딘가 저 멀리서 말이 기수를 잃고 공황에 빠진 듯 빠르고 가볍게 질주하는 발굽 소리가 울리고 있었다.

*

로제 모뒤의 왼쪽 팔 위에는 상처가 꽤 길게 났지만 깊지 않았고 아래로 갈수록 얕아졌다. 습격자는 정말로 로제의 심장을 노렸을 가능성이 컸다. 놈이 일격을 가한 바로 그 순간 캐드펠이 몸으로 부딪쳐 밀어낸 덕분에 살인을 막을 수 있었던 것이다. 어둠 속으로 녹아든 그림자는 딱히 그렇다 할 형체가 없었고 캐드펠로서는 누군지 알아채거나 구분할 단서 같은 것도 보지 못했다. 그저 비명 소리를 듣고 달려가 몸을 던져 공격자와 공격받은 이를 떼어놓았을 뿐이었다. 사람들이 물었을 때 그가 할 수 있는 말이라곤 그게 전부였다.

*

로제는 상처에 붕대를 감은 후 향신료를 넣고 끓인 포도주로 몸을 녹이며 캐드펠에게 진심으로 고마움을 표했다. 사실 그는 조금 전에 죽음을 모면한 사람치고 놀랍도록 꿋꿋하고 침착했다. 로제는 놀란 마부와 부하들에게 자신이 살아 있으며 크게 다치지 않았음을 확인시켜주고 다음 날 아침 우스드톡으로 출발할 시간을 통보했다. 고슬린의 도움을 받아 잠자리에 들 즈음에는 팔에 난 상처가 귀중한 재산을 지키고 그를 적대하던 성직자들을 물리친 과업에 대한 작은 대가라도 되는 양 왠지 모를 뿌듯함을 느끼고 있는 듯 보일 정도였다.

*

우드스톡 궁전의 법정에 모인 왕의 시종과 서기, 재판관 들은 이상하게 산만하고 수선스러웠다. 어쨌거나 멀찍이 떨어져 평민들 사이에서 그들의 우스꽝스러운 모습을 관찰하고 있던 캐드펠이 보기에는 그랬다. 그들은 삼삼오오 무리를 이루어 낮은 목소리와 불안한 표정으로 대화를 나누고, 흩어졌다가 다시 끼리끼리 모이고, 원고와 피고 사이를 바삐 오가며 사람들의 질문을 피하거나 무시하고, 문서를 주고받고, 늦게 도착하는 누군가를 기다리는 양 초조하게 문가로 달려가 기웃거렸다. 실제로 소송 당사자 중 시간을 지키지 않은 이가 있긴 했다. 모여 있는 이들 가운데 베네딕토회 수사의 모습이 보이지 않았고, 그의 부재를 설명하거나 정당화할 사람도 없었던 것이다. 로제 모뒤는 팔에 아직 통증이 남아 움직임이 불편한데도 자신감이 차오르는지 차츰 긴장을 풀고 흡족함을 내비쳤다.

지정된 재판 시간에서 몇 분이 지났을 무렵, 네 명의 사내가 허둥지둥 들어오더니―그중 둘은 베네딕토회 수사들이었다―수석 서기에게 다가갔다.

"선생님, 저희는 슈루즈베리 수도원에서 이곳 재판에 참석하러 오시던 부수도원장님을 모시는 사람들입니다. 그분이 출두하지 못하신 것은 그분의 탓도 저희의 탓도 아니니 부디 양해해주십시오. 어젯밤 말을 타고 이곳으로 오던 중 북쪽으로 약 3킬로미터 떨어진 숲에서 강도들의 습격을 받았습니다. 그들이 우리 부수도원장님을 붙잡아 끌고 갔어요……."

흥분한 남자의 높고 날카로운 음성이 공기를 가르자 주변 사람들의 관심이 한꺼번에 쏠렸다. 적어도 캐드펠의 관심은 확실하게 그곳을 향했다. 어젯밤 우드스톡으로부터 3킬로미터쯤 떨어진 곳에서 수도원 사람들을 공격한 강도들이라면 로제 모뒤와 마주쳐 그를 죽이려 한 자들임이 분명했다. 재판이 열리는 장소와 그토록 가까운 곳에서 범죄자들이 활개치고 있다는 것 자체가 놀라운 일이니, 그 무리가 둘이나 될 리는 없었다. 서기는 그러한 불한당들이 존재한다는 사실에 분개했다.

"붙잡아 끌고 갔다고요? 일행이 넷이나 있었는데도 말입니까? 그게 사실인가요? 습격한 자들은 몇 명이었습니까?"

"정확히는 모릅니다. 최소한 셋인데, 어쨌든 매복을 했다가 달려들었기 때문에 저희로선 막을 수가 없었어요. 놈들이 부수도원장님을 말에서 끌어내려 숲속으로 끌고 갔습니다. 놈들은 숲의 지리를 잘 알고 있었지만 우리는 몰랐지요. 바로 쫓아갔지만 따라잡을 수가 없었습니다."

그들이 최선을 다했음에는 의심의 여지가 없었다. 그중 두 사람에게선 멍들고 긁힌 상처가 보였고, 넷 모두 옷이 지저분하게 찢겨 있었다.

"밤새도록 숲을 뒤졌으나 아무 흔적도 못 찾았습니다. 다만 오던 중 여기서 1.5킬로미터쯤 떨어진 대로에서 부수도원장님의 말을 발견했어요. 그러니, 비록 그분이 재판정에 나오시지는 못했지만 궐석판결은 내리지 말아주십사 간청하는 바입니다. 모든 일이 순조로웠다면 그분은 어젯밤에 마을에 도착했을 겁니다."

"잠깐, 조용히!" 서기가 단호하게 외쳤다.

자리에 있는 모두가 문 쪽으로 고개를 돌렸다. 갑자기 수많은 관리들이 눈보라처럼 들이닥치더니 불길한 기세를 흩뿌리며 군중 사이를 뚫고 왕이 앉아야 할 빈 연단 아래 중앙 공간을 차지했다. 권위적인 분위기를 풍기는 연로한 시종이 지팡이로 바닥을 쿵 내리치며 침묵을 명하자 그 표정을 본 이들 사이로 돌처럼 무거운 침묵이 퍼져나갔다.

"존경하는 귀족분들, 그리고 신사 여러분, 이곳에 탄원하러 오신 분들과 그 외 참석하신 모든 분들, 오늘은 심리가 없을 것이니 해산하시기 바랍니다. 오늘 이 자리에서 심리가 예정되어 있던 모든 송사는 사흘 후로 연기되며, 국왕 전하의 재판관들이 심리할 것입니다. 전하께서는 참석하지 않으실 것입니다."

이번에는 무거운 장막과도 같은 침묵이 내려앉아 사람들의 추측이나 생각조차 덮어버렸다.

"지금 이 순간부터 법정은 애도에 들어갑니다. 방금 전 너무도 비통한 소식이 전해졌습니다. 다들 아시는 바와 같이 전하께서는 함대의 대부분을 이끌고 잉글랜드로 무사히 건너오셨으나, 전하의 아드님이시자 적법한 후계자인 윌리엄 왕자와 그분의 모든 벗들, 그리고 많은 귀족들이 승선한 블랑슈 네프호는 그보다 늦게 출항하여 바르플뢰르를 벗어나기 직전 강풍에 휩쓸리고 말았습니다. 선박은 항로에서 벗어나 바위에 부딪쳐 좌초되었으며, 단 한 명의 영혼도 육지에 무사히 도달하지 못했습니다. 그러니 조용히 돌아가 왕국의 꽃인 그 영혼들을 위해 기도해주십시오."

그렇게 한 사람이 이루어낸 승리의 해가 끝나고 공허한 성취, 황폐한 업적만이 남았다. 노르망디가 승리하고 적들은 패주했으나 모든 것이 파도에 휩쓸려 완강한 바위에 산산조각 난 채 모진 바닷속으로 떠내려갔다. 그의 유일한 적자로 얼마 전 화려한 혼인식을 올린 아들은 관과 무덤조차 허락받지 못했으니, 왕자의 시신이 발견된다면 그것이야말로 신의 은총이라 할 것이다. 바다는 바르플뢰르 해변에 그 전리품을 내려놓는 법이 거의 없었다. 왕의 많은 서출들 여럿도 형제와 함께 물속에 가라앉아, 이제 이 황량한 제국을 물려받을 후계자는 하나 남은 적녀뿐이었다.

캐드펠은 왕의 정원 한구석을 홀로 걸으며 인간의 허영심이라는 어리석음이 얼마나 혹독한 대가를 치르는지 생각했다. 그러나 또한 불운한 일을 겪은 왕에게 정의를 갈구해야 하는 평범한 사람들에 대해서도 생각했다. 슈루즈베리의 부수도원장이 숲에서 무법자들에게 납치되어 실종되지 않았는가. 사흘 뒤 법정이 다시 열려 심리가 재개될 때까지 그를 찾지 못한다면, 그러니까 어느 곳을 뒤져야 그를 찾을 수 있을지 아는 사람이 없다면 수도원은 소송에서 패할 터였다.

의심의 여지는 없었다. 왕궁 근처에서 무법자들이 활개를 친다는 건 도무지 있을 법하지 않은 일이었고, 캐드펠은 있을 법하지 않은 일을 그냥 넘기지 못하는 사람이었다. 더군다나 그런 범법자 무리가 둘이나 있다고? 그런 건 불가능했다. 만일 한 무리의 강도가 실제로 존재한다면 로제 모뒤의 사냥용 산장으로부터 약간 떨어진 곳에서, 그러나 안심하기에는 너무 가까운 거리에서 캐드펠과 마주쳤던 바로 그들이리라.

슈루즈베리에서 온 가엾은 수사들은 아마도 숲을 마구잡이로 뒤지고 있으리라. 캐드펠은 어디를 살펴봐야 할지 알았다. 로제는 재판이 연기된 것에 초조해하며 손톱을 물어뜯고 있지만 사흘 안에 포로가 탈출해 자기 앞에 나타날 것이라고는 상상하지 못할 테고, 웨일스 출신 부하가 시간을 어떻게 보내는지에 대해서도 크게 신경 쓰지 않을 것이었다.

캐드펠은 말을 타고 느긋하게 산장으로 향했다. 때는 이른 저물녘, 모뒤의 숙소에서 저녁 식사를 막 마친 후였다. 캐드펠에게 관심을 기울이는 이는 없었다. 로제는 그저 사흘 동안 정신을 바짝 차린 채 입을 다물고 있으면 되었으니, 결국 분쟁 중인 재산은 그에게 돌아갈 터였다. 어쨌든 모든 게 순조롭게 진행되고 있었다.

산장에는 무장한 직업군인 두 명과 마부 한 명이 남아 있었다. 그들이 감시 중인 포로를 오두막 안에 두지는 않았을 것 같았다. 안대를 씌우지 않는 한 포로가 주변 정보를 수집할 수 있고, 그렇게 되면 무법자들의 짓이라는 변명을 폐기해야 하기 때문이다. 아니지, 그는 어둠 속에, 혹은 기껏해야 낮에도 침침한 불빛 아래 짚단 더미나 평범한 막사의 골풀 바닥에서 그럭저럭 투박한 식사를 받아먹으며 갇혀 있을 것이다. 소위 거친 무리들도 신중함을 발휘하여, 혹은 미신 때문에 차마 포로를 죽이지는 못하고 몸에 지닌 귀중품만 빼앗은 뒤 외딴곳에 가두었다가 풀어주곤 하니까. 한편으로 그는 방책 안쪽의 안전한 장소에 있어야 했다. 그렇지 않으면 발각될 위험이 너무 높기 때문이다. 산장의 입구와 본채 사이에는 문제의 인물을 붙잡아 오는 모습을 숨길 수 있을 정도로 나무가 우거져 있었다. 그는 마구간이나 헛간, 또는 지금은 비어 있는 듯 보이는 견사에 갇혀 있을 것이다.

캐드펠은 산장에서 꽤 멀리 떨어진 곳에 말을 숨긴 뒤 높다란 참나무를 타고 올라 목책 너머 안뜰이 훤히 내려다보이는 지점에 자리를 잡았다.

그는 운이 좋았다. 오두막 안에 있던 세 사람은 여유롭게 식사를 즐기며 어두워질 때까지 기다렸다가 포로에게 먹을 것을 가져다주었다. 마부가 주전자와 우묵한 그릇을 들고 나왔을 때 캐드펠의 눈은 이미 어둠에 익숙해 있었다. 그들 모두 누군가 자신들의 일을 방해하리라고는 상상도 못 하는 듯했다. 마부가 목책 안쪽 나무 뒤로 잠깐 사라졌다가 낮은 구조물들 사이에서 다시 모습을 드러냈다. 손에 든 주전자를 내려놓고는 문에 단단히 걸린 무거운 빗장을 들어 올린 다음 안으로 사라졌다. 문이 쿵 소리를 내며 닫혔다. 나이 많은 수도사를 상대로도 약간의 위험조차 감수할 생각이 없는지 등으로 밀어 닫은 모양이었다. 잠시 후 그가 빈손으로 나오더니 빗장을 다시 제자리에 걸고 휘파람을 불며 오두막으로 돌아가 모뒤의 에일을 즐기기 시작했다.

마구간도 견사도 아닌, 땅에 박은 짧은 나무 말뚝 위에 지은 작고 튼튼한 건초 창고였다. 적어도 부수도원장은 꽤 아늑하게 누워 있으리라.

캐드펠은 마지막 불빛이 사라질 때까지 기다렸다가 움직였다. 목책은 튼튼하고 높았지만 밖에 선 고목들이 그 위에 가지를 드리우고 있어 그중 하나를 타고 올라 안쪽 풀밭에 착지하는 것은 그다지 어렵지 않았다. 그는 먼저 정문으로 가서 작은 쪽문에 설치된 빗장을 조용히 풀어두었다. 산장의 덧문 틈새로 희미한 횃불 빛이 새어 나올 뿐 별다른 움직임은 없었다. 캐드펠은 창고 문의 무거운 빗장을 붙잡고 조용히 빼낸 다음 조금씩 문을 밀어 열며 그 틈으로 속삭였다. "사제님?"

안에서 건초 바스락거리는 소리가 짧게 났지만 대답은 들리지 않았다.

"부수도원장님, 맞습니까? 작은 소리로 대답하십시오. 묶여 계신가요?"

다소 겁먹은 목소리가 머뭇거리며 대답했다. "아니요." 이어 조금 더 확신에 찬 목소리가 들렸다. "신도여, 당신은 이 죄인들과 한패가 아닙니까?"

"저도 죄 많은 자이긴 하지만 이들과 같은 편은 아닙니다. 쉿, 조용히 하셔야 합니다. 근처에 말을 매놓았습니다. 우드스톡에서 사제님을 찾으러 왔어요. 자, 손을 내밀고 이쪽으로 오십시오."

건초 냄새가 진동하는 어둠 속에서 떨리는 손 하나가 튀어나와 캐드펠의 손을 다급히 움켜쥐었다. 삭발한 정수리 위쪽이 희미하게 빛나더니 작고 둥그스름한 형체가 기어 나와 건물 밖 무성한 풀밭 위로 발을 내디뎠다. 그는 질문으로 호흡을 낭비하지 않을 만한 지성을 갖추었으니, 캐드펠이 문을 다시 걸어 잠그는 동안 옆에 조용히 서서 기다렸다. 캐드펠은 그의 손을 잡고 담장을 따라 빗장이 풀려 있는 쪽문까지 가만히 이끌었다. 문이 등 뒤에서 부드럽게 닫힌 후에야 그는 안도의 한숨을 크게 내쉬었다.

그들은 탈출했고 이제는 안전했다. 아침이 올 때까지는 아무도 부수도원장이 탈출했다는 사실을 알아차리지 못할 것이다. 캐드펠은 말을 매어둔 곳으로 향했다. 숲은 고요하고 적막했다.

"사제님이 타시지요. 저는 옆에서 걷겠습니다. 우스드톡까지는 3킬로미터도 안 됩니다. 이제 우리는 안전합니다."

갑작스러운 상황에 혼란과 당혹감을 느끼고 있던 부수도원장은 어린애처럼 캐드펠을 믿고 따랐다. 고요한 큰길로 빠져나온 뒤에야 그가 서글픈 음성으로 입을 열었다. "내가 사명을 다하지 못해 일을 그르치고 말았소. 부디 그대의 선행을 하느님께서 축복해주시길! 한데 도무지 이해할 수가 없군. 나에 대해선 어떻게 알았고, 어떻게 날 찾아낸 거요? 나 자신도 이게 어찌 된 일인지 모르겠는데. 난 용감한 사람이 아니오…… 내가 실패한 건 그대의 잘못이 아니며, 오히려 난 그대에게 무한한 빚을 진 셈이오."

"아직 실패하지 않으셨습니다." 캐드펠은 담담하게 말했다. "재판은 끝나지 않았습니다. 사흘 후로 연기됐지요. 사제님의 동료들은 모두 우드스톡에 안전하게 머무르고 있고요. 다만 사제님을 걱정하며 열심히 찾는 중이지요. 그들이 어디 묵는지 아신다면 당장 합류하여 심리가 열릴 때까지 다른 이들의 눈에 띄지 않게 숨어 계시는 편이 좋겠습니다. 이 일이 사제님이 왕의 법정에 출두하지 못하게 하기 위한 함정이라면 또다시 그런 시도가 발생하지 않으리라 장담할 수 없으니까요. 증거는 안전하게 갖고 계신가요? 그들이 빼앗지는 않았습니까?"

"내 서기인 오더릭 형제가 서류를 갖고 있지만 법정에서 변론을 펼칠 수는 없을 거요. 수도원장을 대리할 자격은 나한테만 있으니까. 하지만 신도여, 왜 심리가 아직 열리지 않은 것이오? 전하께서는 날짜와 시간을 엄격하게 지키시기로 유명한데 말이오. 하느님과 그대가 어떻게 나를 불명예와 자산의 손실로부터 구할 수 있었던 거요?"

"사제님, 왕께서는 너무도 가슴 아픈 이유로 법정에 참석하지 못하셨습니다."

캐드펠은 어쩌다가 젊은 잉글랜드 기사단의 반절이 한꺼번에 몰살당하고 왕이 후계자를 잃게 되었는지 그에게 전부 말해주었다. 이어 헤리버트 부수도원장이 충격과 경악에 빠져 산 자와 죽은 자를 위한 기도를 속삭이는 동안 그는 조용히 말 옆에서 걸음을 옮겼다. 더 이상 무슨 말을 하랴? 헨리 왕은 이처럼 비통한 순간에도 자신의 정의가 널리 퍼지기를 바랐고, 그것이 모든 군주가 지녀야 할 미덕이었다. 그렇게 모두가 잠들어 조용한 마을에 들어섰을 때에야, 캐드펠이 기묘한 질문으로 부수도원장의 열한 기도를 깨뜨렸다.

"사제님, 일행 중에 무장을 한 사람은 없었습니까? 단검 같은 무기를 지니고 있었거나요."

"아니, 아니요. 어림도 없는 소리!" 부수도원장이 기겁하며 대답했다. "우리한테는 무기가 필요 없소. 우리는 주님의 평화를 믿고 왕의 평화를 믿는다오."

"그럴 줄 알았습니다." 캐드펠이 고개를 끄덕이며 말했다. "그건 또 다른 세상, 또 다른 방식의 길이겠지요."

*

다음 날 캐드펠은 모뒤의 표정 변화로 포로가 도망쳤다는 소식이 언제 그에게 전해졌는지 짐작할 수 있었다. 모뒤는 그날 하루 종일 신경을 곤두세운 채 마을에 떠도는 온갖 자극적인 소문에 귀를 기울이고, 혹시라도 궁정이나 거리에서 국왕의 관리들에게 고발하러 찾아온 헤리버트 부수도원장과 마주칠까 싶어 초조한 눈빛으로 두리번거리며 돌아다녔다. 하지만 시간이 지나도 아무 기미도 보이지 않자 조금씩 마음을 놓으며 기적 같은 평결이 내려질지 모른다는 희망을 품기 시작했다. 말없이 침울한 얼굴을 한 베네딕토회 수사들도 가끔 보였는데, 상급자에게서 아직 아무 소식도 듣지 못한 모양이었다. 그들로서는 이를 악물고 표정을 관리하며 희망적인 마음가짐으로 기다리는 것 말고는 달리 방도가 없었다.

둘째 날이 지나고 셋째 날이 될 때까지도 여전히 소식이 없자 모뒤는 희망에 부풀었다. 그는 계약증서를 손에 든 채 의기양양한 태도로 왕의 판관 앞에 섰다. 재판을 청원한 당사자는 수도원 측이니 일이 순조롭게 진행된다면 로제는 반론을 제기할 필요조차 없을 터였다. 청원자가 출석하지 않으면 청원 자체가 무효로 돌아갈 것이니 말이다.

 하지만 정해진 시간이 다가오자 돌연 문 근처에서 술렁임이 일더니 베네딕토회 수도복 차림의 작고 둥글둥글하고 평범하게 생긴 사내가 양피지 두루마리를 한아름 품에 안고서 들어왔다. 검은 옷을 입은 형제 수사들을 이끌고 들어오는 그 모습은 가히 충격적이었다. 캐드펠도 다른 사람들처럼 지대한 관심을 갖고 그들을 지켜보았다. 부수도원장을 자세히 보는 것은 이번이 처음이었다. 그는 넉넉한 체격에 온화한 표정을 지닌 수수한 사내로 발그레한 얼굴은 온순해 보였다. 그날 밤 짐작했듯이 나이가 아주 많지는 않아 마흔다섯 살 정도에, 빛나는 순수함을 지닌 사람이었다. 하지만 로제 모뒤에게는 불을 내뿜는 용이 들어오는 양 느껴졌을 것이다.

 그처럼 온순하고, 심지어 하찮게까지 보이는 작은 사내가 그토록 탁월하고 명확한 전문성을 발휘하리라고는 과연 누가 예상할 수 있었을까? 먼저 그는 알라드의 말마따나 아르눌프 모뒤의 사후 조처에 대한 구체적 언급이 누락되어 있는 로제의 계약서와 실질적으로 거의 동일한 증서를 제시하며 그로 인해 발생할 수 있는 논란을 세세하게 지적한 다음, 아르눌프 모뒤가 자신의 사후에 영지와 마을을 반환할 의무가 있음을 인정하고 아들이 그 의무를 충실히 지킬 것을 약속하며 풀처드 수도원장에게 보낸 두 통의 서신을 제시했다.

 로제의 반론이 부실했던 것은 증거가 부족했기 때문이었을까,

아니면 양심의 가책 때문이었을까? 어느 쪽이었든, 재판은 수도원의 승소로 끝났다.

*

판결이 내려지고 한 시간도 채 지나지 않아 캐드펠은 영주를 찾아가 작별을 통보했다.

"소송과 함께 제 봉사도 끝났습니다. 약속한 바를 다했으니 이제 저도 그만 떠날까 합니다."

분노와 침울함에 잠겨 앉아 있던 로제가 고개를 들어 캐드펠을 쏘아보았다. 그를 고꾸라뜨릴 듯 매서운 눈빛이었지만 캐드펠은 끄떡하지 않았다.

"솔직히 의심스럽군." 로제가 분노를 삭이며 말했다. "자네가 정말로 내게 충성을 다했는지 말이야. 그게 아니라면 대체 누가……." 그는 가까스로 입을 다물었다. 사실을 묻어두는 한 그에 대한 고발은 없을 것이고 변명할 필요 또한 없을 터였다. 그는 캐드펠에게 **도대체 어떻게** 알았는지 묻고 싶었다. 하지만 이내 마음을 고쳐먹었다. "더 할 말이 없으면 가보게."

"그 일에 대해서는 드릴 말씀이 없습니다." 캐드펠은 의미심장하게 입을 열었다. "그거야 다 끝난 일이니까요." 명백한 선언이되 한편으로는 거북한 함의가 담긴 말이었다. 다른 문제에 대해서는 아직 할 말이 남아 있었기 때문이다.

"어르신, 저는 어르신을 위해 봉사했고, 그래서 당신께 좋지 않은 일이 생기는 것은 바라지 않습니다. 그러니 잘 생각해보십시오. 헤리버트 부수도원장이 이곳에 올 때 동행한 네 사람 중 무기를 가진 이는 아무도 없었습니다. 다섯 명 모두 장검은커녕 비수나 단검도 소지하지 않았지요."

캐드펠은 그 말의 의미가 상대에게 천천히, 그러나 확실하게 스며드는 모습을 지켜보았다. 숲을 누비는 무법자들에 대한 이야기들은 아이들이나 좋아하는 모험담에 불과하며, 지금까지 로제는 숲에서 있었던 칼부림이 그저 수도원 하인이 부수도원장을 지키기 위해 저지른 대담한 짓이라고만 생각했다. 그는 눈을 끔벅이고 마른침을 꼴깍이며 캐드펠을 빤히 응시했다. 하마터면 자신이 몹시 위험한 구렁텅이에 빠질 뻔했다는 사실을 자각하자 식은땀이 흐르기 시작했다.

"무기를 가진 이들은 어르신의 일행뿐이었습니다." 캐드펠이 덧붙였다.

한밤중에 아무 의심도 품지 않은 채 숲으로 나간 그는 이중의 목적을 지닌 매복에 빠졌던 셈이다. 우스드톡에서 서턴 모뒤로 돌아가는 길은 이곳으로 올 때만큼이나 길었고, 어두운 밤은 또다시 찾아올 것이다.

"누구지?" 로제가 속삭이듯 물었다. "누구야? 이름을 말하게!"

"싫습니다." 캐드펠은 담담하게 대답했다. "직접 알아내십시오. 전 이제 당신을 위해 일하지 않습니다. 드릴 말씀은 이게 답니다."

로제의 낯이 하얗게 질렸다. 유혹하듯 계책을 속삭이던 목소리가 다시금 귓전에서 울리는 것 같았다. "날 이렇게 버리면 안 돼! 그리 많은 걸 알고 있다면 제발 내 곁에 있어주게. 적어도 집에 무사히 도착할 때까지만이라도. 자네라면 믿을 수 있어!"

"싫습니다." 캐드펠이 재차 말했다. "경고는 드렸으니 조심하십시오."

그 정도면 충분했다. 그는 말없이 몸을 돌려 자리를 떴다. 그러곤 곧장 교구 성당에서 열리는 저녁기도에 참석하러 갔다. 별다른 이유는 없었다. 적어도 그땐 그렇게 생각했다. 그저 할 일을 마치고 돌아섰을 때 열린 문 사이에 고여 있던 어둠이 손짓하며 고요와 사색 속으로 그를 초대했고, 때마침 종이 울렸기 때문이라고. 예배당에서는 몸집 작은 수사가 열렬히 감사의 기도를 올리는 중이었다. 주어진 과업을 완수하기 위해 더듬거리며 앞으로 나아가며 인생이라는 책의 한 페이지를 넘기는 또 하나의 피조물이 거기 있었다.

캐드펠은 사제와 신도 들이 자리를 뜬 후에도 한참 동안 가만히 서 있었다. 모두가 떠난 뒤의 적막은 바다보다 깊고 대지보다 굳건했다. 캐드펠은 갓 구운 빵처럼 그 내음을 가슴속 깊이 음미하며 들이켰다. 그 깊은 고립감에서 그를 흠칫 깨운 것은 허리춤의 칼자루를 건드리는 작은 손이었다. 아래를 내려다보니 그의 팔꿈치에도 닿지 않을 만큼 작고 어린 시종이 시리도록 새파란 눈을 동그랗게 뜬 채 천사의 사자처럼 엄숙하고 근엄한 눈빛으로 그를 바라보고 있었다.

"신도님," 아이가 고사리 같은 손가락으로 칼자루를 톡톡 두드리며 높고 근엄하게 꾸짖었다. "여기서는 무기를 내려놔야 하지 않나요?"

"신도님," 캐드펠이 미소를 지으며 못지않게 엄숙한 목소리로 대답했다. "그 말이 옳군요." 그러고는 천천히 허리띠에서 검을 풀어 제단 아래 가장 낮은 계단 위에 내려놓았다. 이상하리만치 평온하면서도 잘 어울리는 광경이었다. 생각해보면 칼과 칼자루 또한 십자가의 형태 아닌가.

*

헤리버트 부수도원장은 드디어 근심을 내려놓은 형제들과 함께 교구신부의 집에서 검소한 저녁 식사를 즐기고 있었다. 캐드펠이 접견을 요청하자 이 자그마한 남자는 흔쾌히 나와 낯선 이를 맞이했고, 이전까지는 캐드펠을 단순히 안면 있는 이라 여겼다면 이번에는 분명한 친구로 대접했다.

"신도여! 저녁기도에 참석한 것도 당신이었지요? 어디서 본 것 같다고 생각했다오. 그대는 이곳에서 가장 환영받는 손님이오. 나와 형제들이 그대가 해준 일에 보답할 길이 있다면 언제든 말만 하시오!"

"사제님," 캐드펠은 웨일스 억양으로 싹싹하게 물었다. "내일 수도원으로 돌아가십니까?"

"그렇다오. 아침기도 후에 떠날 예정이오. 고드프리드 수도원장님이 소송 결과를 기다리고 계실 테니 말이오."

"그렇다면 사제님, 주인을 모시던 몸에서 벗어나 자유인이 되어 인생의 전환점에 놓인 제가 여기 있습니다. 저도 함께 가게 해주십시오!"

빛의 가치

리디어트의 하모 피츠하몬은 슈롭셔의 북동쪽 구석, 체셔주와의 경계 근처에 커다란 장원 두 곳을 소유하고 있었다. 대식가에 폭음가, 방종한 호색한, 그리고 냉혹한 땅주인이자 무자비한 영주인 그는 60대의 나이에도 상당히 양호한 건강 상태를 유지하고 있었는데, 끝내 찾아온 가벼운 발작이 그에게 결과적으로 유익한 충격을 안겨주었다. 생애 처음으로 내세가 눈앞에서 입을 벌리고 있음을 실감하고 사후 세계가 현세보다 훨씬 엄격하게 자신을 대할지 모른다는 불안함에 눈뜨게 된 것이다. 지금껏 저지른 일을 뉘우치진 않았지만 그것들이 천상에서 중대한 죄로 간주될 수 있다는 것을 그는 알았다. 그러므로 가능한 한 빨리 영혼을 위한 공덕을 쌓는 것이야말로 분별 있는 예방책이 될 터였다. 탐

욕스럽고 소유욕이 강하며 매우 인색한 그가 주님의 거룩한 처소에 배려심 있는 선물을 바친다면, 영혼의 안녕을 보장받을 수 있으리라. 그의 이름으로 수도원이나 새 교회를 지어 바칠 필요까지는 없었다. 슈루즈베리의 베네딕토회 수도원이라면 그보다 훨씬 소박한 선물을 받더라도 그를 위해 강력한 효험을 지닌 기도를 올려줄 것이었다.

아무리 과시적인 행위일지라도 가난한 이들에게 자선을 베푼다는 발상은 썩 내키지 않았다. 무엇을 베풀든 금세 소모되어 잊힐 것이고, 궁핍한 자들이 중구난방으로 던지는 빈약한 축복은 별 효과도 없는 데다 그에게 꾸준한 명성과 영광을 부여해주지도 못할 테니까. 그래, 그건 아니지. 그는 매일같이 사용됨으로써 자신의 너그러움과 독실함을 영구히 알릴 수 있는 것을 원했다. 그래서 곰곰이 숙고한 끝에 최소한의 비용으로 최고의 가치를 거둘 수 있는 만족스러운 결론을 내렸으니, 슈루즈베리에 법률가를 보내 수도원장 및 부수도원장과 상의한 뒤 여러 증인들 앞에서 적법한 절차를 거쳐 수도원 경내에 위치한 성모마리아 예배당의 관리인이자 자신의 자유민 소작농에게 성모마리아 제단을 1년 내내 밝힐 수 있을 만큼의 임대료를 양도하겠다는 계약을 체결했다. 더하여 자신이 무엇을 베풀었는지 모두에게 보여주기 위해, 고급 은촛대 한 쌍을 선물할 것이며 다가오는 크리스마스 축일에 직접 수도원에 전달하고 제단에 설치하는 자리에도 참석하겠다고 약속했다.

오랜 세월 거듭된 환멸에도 불구하고 여전히 사람들의 좋은 면만을 보기 위해 노력해온 헤리버트 수도원장은 참회에서 우러나온 이 너그러운 처사에 감동하여 눈물을 흘렸다. 귀족 출신인 로버트 페넌트 부수도원장[5]은, 같은 노르만인으로서의 연대감을 의식하여 하모의 동기를 의심하는 말을 삼가면서도 눈썹을 치켜올렸다. 기증인의 평판에 대해서는 소문을 들어 익히 알고 있으나 당사자를 만날 때까지 판단을 보유할 만큼 회의적이었던 캐드펠 수사는 아무 말 없이 지켜보고 판단하기로 했다. 많은 것을 기대하지는 않았다. 쉰다섯 해 동안 세상을 살아오면서 좋은 일이든 나쁜 일이든 기대를 누그러뜨리는 법을 배운 덕이었다.

크리스마스이브 아침, 캐드펠은 리디어트에서 온 일행이 수도원에 도착하는 모습을 차분하고 관대한 마음으로 유심히 지켜보았다. 그해, 1135년의 크리스마스는 혹독하고 추운 명절이 될 터였다. 검은 서리가 채찍처럼 가늘고 날카롭게 내려앉았다. 날씨는 1년 내내 지독했고 수확량은 재앙이나 다름없었다. 마을 사람들이 추위에 떨고 굶주렸으니, 구호 담당인 오즈월드 수사는 자신이 나눠주는 구호품으로는 빈민들의 몸과 영혼을 충분히 지킬 수 없다는 사실에 슬퍼하고 안타까워했다. 추위로부터 몸을 따뜻하게 감싼 여행자들을 태운 건장한 말 세 마리와 짐말 두 마리로 이루어진 행렬을 보자 딱한 처지의 사람들이 몰려들어 추위에 얼어붙어 파랗게 질린 손을 내밀며 울부짖었다. 그들이 얻은 것은 형식적으로 던져주는 동전 한 줌뿐이었다. 인파가 앞을 가로막자 피츠하몬은 당연하다는 듯 채찍을 휘둘러 길을 열었다. 평소처럼 병자들에게 줄 약을 들고 진료소로 향하던 캐드펠은 걸음을 잠시 멈추고 생각했다. 하모 피츠하몬에 대한 소문이 과장이나 거짓은 아닌 모양이군.

큰 마당에 도착해 말에서 내린 리디어트의 기사는 육중한 몸집에 상체가 뚱뚱한 사내였다. 한때는 검었을 덥수룩한 머리와 수염과 눈썹은 회색으로 변해 철사처럼 뻣뻣하게 곤두서 있었다. 옛날에는 인물이 제법 좋았을지 모르나 방종한 삶 때문에 안색은 자줏빛으로 물들었고 피부에는 얽은 자국이 나 있었으며 날카로운 검은 눈은 축 늘어진 두툼한 살덩어리에 파묻혀 있었다. 제 나이보다 늙어 보였지만 여전히 무시할 수는 없는 인물이었다.

두 번째 말에는 기수인 마부와 피츠하몬 부인이 타고 있었다. 여인은 두꺼운 모직 옷과 모피에 거의 보이지도 않을 만큼 둘둘 싸여 마부의 허리를 두 팔로 감싸 안은 채 작은 몸을 그 넓은 등에 편안히 기대고 있었다. 말고삐를 잡은 마부는 아주 잘생긴 젊은이로, 스무 살도 채 안 된 건장한 청년이었다. 둥그스름하니 붉은 뺨과 명랑하고 순진한 눈빛, 긴 다리와 넓은 어깨까지, 시골 청년에게 있어야 할 모든 것을 갖춘 그는 자신에게 주어진 임무에 충실히 임하고 있었다. 청년은 가볍고 유연한 동작으로 안장에서 훌쩍 뛰어내려 방금 전까지 제 허리를 감싸고 있던 여인의 손길 못지않게 다정한 손길로 부인의 허리를 붙잡아 살포시 내려주었다. 장갑을 낀 작은 손이 잠깐 동안, 그러나 필요 이상으로 길게 그의 어깨에 머물렀다. 마부의 공손한 부축은 피츠하몬 부인이 바닥에 안전하게 내려설 때까지, 어쩌면 그보다 조금 더 오래 지속되었다. 하모 피츠하몬은 로버트 페넌트 부수도원장의 격식을 갖춘 환영 인사와 접객소에서 가장 좋은 방을 마련해놓은 세심한 배려에 정신이 팔려 있었다.

세 번째 말에도 두 사람이 타고 있었지만 뒤쪽 안장에 앉아 있던 여자는 누구의 도움도 기다리지 않고 재빨리 미끄러지듯 내리더니 서둘러 걸음을 옮겨 여주인이 커다란 외투를 벗는 것을 도와주었다. 20대 중반 혹은 그보다 나이 들어 보이는 조용하고 순종적인 이 젊은 여성은 손으로 짠 소박하고 칙칙한 옷을 걸치고 머리카락은 울이 굵은 리넨 머리쓰개로 감싼 모습이었다. 여윈 얼굴은 창백하고 피부는 눈이 부실 정도로 하앴다. 피로와 조심성 가득한 눈동자는 맑고 선명한 하늘색이었는데, 거기 담긴 체념이나 겸허함과는 어울리지 않을 정도로 강렬했다.

하녀가 부인의 어깨에서 무거운 옷자락을 들어 올렸다. 망토 위로 드러난 작고 화사한 새에 비하면 옆에 있는 하녀는 키가 머리 하나쯤 더 클지언정 확실히 칙칙해 보였다. 주홍색과 갈색으로 된 옷을 입은 피츠하몬 부인이 울새처럼 당당하고 우아하게 세상을 향해 미소 지었다. 작고 예쁘장한 두상 위로 검은 머리카락을 땋아 올렸고, 부드럽고 통통한 뺨은 차가운 공기 때문에 장밋빛으로 물들어 있었다. 커다랗고 검은 눈동자는 자신의 힘과 매력에 대한 확신으로 가득 차 있었다. 나이는 많아야 서른쯤 되어 보였다. 피츠하몬은 이미 장성한 아들을 두었고 심지어 그 아들에게도 이미 자식이 있었다. 항간에는 그들이 유산을 물려받기 위해 기다리다가 인내심을 잃어가고 있다는 말이 돌았다. 아마도 두 번째나 세 번째 부인일 이 여인은 의붓아들보다 훨씬 어릴 뿐 아니라 미인이었다. 하모는 아내가 나이 들면 잇따라 새로운 아내를 들일 수 있을 정도로 안정적인 삶을 영위하는 중요한 인물이었다. 이 여인을 데려올 때도 꽤나 많은 돈을 썼을 텐데, 정작 부인은 돈벌이를 위해 팔려온 가난하지만 예쁜 친척이라기보다 자신의 입지를 확실히 알며 리디아트의 상석을 훌륭하게 주도할 수 있다는 사실을 인정받고 싶어 하는 듯 보였다. 어쩌면 그것이 결혼의 가장 중요한 고려 사항이었으리라.

하녀가 탄 말을 모는 마부는 나이가 다소 있어 보였다. 말랐지만 강인한 체격에, 얼굴은 울퉁불퉁하게 옹이 진 참나무 껍질 같았다. 눈빛에서 느껴지는 냉소 어린 인내심으로 보아 오랜 시절 피츠하몬을 꽤 가까이에서 수행했고, 그가 기분에 따라 어떤 최고의 행동과 최악의 행동을 할 수 있는지 알며, 또 그 폭풍우를 견뎌낼 수 있는 자신의 능력을 확신하는 사람이었다. 그는 아무 말 없이 짐말에서 짐을 내린 다음 주인을 따라 접객소로 향했다. 젊은 마부는 피츠하몬이 타고 온 말의 굴레를 잡고 마구간으로 향했다.

캐드펠은 두 여인이 문지방을 건너는 모습을 지켜보았다. 부인은 어린 암사슴처럼 탄력 있게 움직이며 반짝이는 눈빛으로 주변을 두리번거렸고, 키 큰 하녀는 줄곧 한 발짝 뒤에서 거리를 유지하며 큰 보폭으로 걸었다. 새장에 갇힌 매처럼 체념이 어려 있으면서도 우아한 걸음걸이였다. 두 마부와 마찬가지로 농노가 틀림없었다. 캐드펠은 자유민과 자유민이 아닌 자를 구별할 줄 알았다. 자유민이라고 삶이 편한 것은 아니며 종종 이웃집의 농노보다 못한 삶을 살기도 한다. 이번 크리스마스에도 많은 자유민이 문지기실 앞에 모여 있는 이들 사이에서 똑같이 초췌하고 굶주린 모습으로 구걸의 손을 내밀어야 했다. 자유는 뭇 남성들의 가장 큰 열망이지만 흉년에 아내와 자식들의 주린 배를 채워주지는 못했다.

  피츠하몬과 그의 일행은 자랑스럽게 저녁기도에 참석하여 성모마리아 예배당 제단 위에 경건하게 설치된 한 쌍의 촛대를 직접 확인했다. 수도원장과 부수도원장과 평수사들이 이 선물을 찬양하기란 그리 어렵지 않았다. 홈이 파인 줄기 끝에 백합꽃이 피어 있는 모양으로 만들어진 은촛대는 실로 매우 아름다웠다. 심지어 잎맥조차 진짜 살아 있는 식물처럼 완벽하고 섬세하게 묘사되어 있었다. 속세에서 숙련된 은세공인이었던 구호소 담당 오즈월드 수사는 환희와 아쉬움 사이에서 갈등하는 듯한 오묘한 표정으로 제단에 새로 세워진 장식품을 바라보다가 헤리버트 수도원장과 함께 숙소로 저녁 식사를 하러 가던 기증자의 앞길을 과감하게 가로막았다.

  "어르신, 참으로 고매한 솜씨입니다. 저 역시 귀금속과 이 분

야의 저명한 장인들에 대해 어느 정도 지식을 갖추고 있지만, 이처럼 식물을 사실적으로 표현한 작품은 본 적이 없어요. 시골 사람의 시선과 궁중 장인의 손길이 두루 느껴지는 솜씨입니다. 누가 이것을 만들었는지 알 수 있을까요?"

피츠하몬의 망가진 얼굴이 평소보다 더 짙은 보랏빛으로 변했다. 마치 자축을 즐겨야 할 때 용납하지 못할 어두운 그림자가 드리우기라도 한 것 같았다. 그는 퉁명스럽게 대답했다. "내 밑에서 일하는 자에게 의뢰한 거요. 당신은 그의 이름을 모를 거요. 농노 태생이니까. 하지만 손재주는 쓸 만하지." 그러더니 더는 질문을 받지 않겠다는 듯 빠른 걸음으로 지나갔고, 아내와 하인들이 그 뒤를 따랐다.

술에 취한 주인을 침대로 옮기는 의식을 자주 수행한 까닭인지 유일하게 주인에 대한 경외심이 덜한 듯 보이는 나이 많은 마부만이 슬쩍 몸을 돌려 오즈월드 수사의 소맷자락을 잡아당기더니 귓속말로 은밀히 충고했다. "그런 건 물어봤자 대답을 얻을 수 없을 겁니다. 은세공인인 알라드는 지난 크리스마스에 의무를 저버리고 도망쳤거든요. 단서를 따라 런던까지 추적했지만 끝내 찾지 못했지요. 저라면 이 문제를 건드리지 않을 겁니다."

그러고는 재빨리 주인의 뒤를 따라갔다. 생각에 잠긴 얼굴들이 그의 뒷모습을 응시했다.

"귀금속이든 사람이든 대가 없이는 자기 재산을 포기할 사람이 아니지." 캐드펠이 중얼거렸다. "그것도 아주 엄청난 대가를 원할 텐데."

"형제여, 부끄러운 소리 말아요!" 제롬 수사가 옆에서 꾸짖었다. "저분은 순수하고 너그러운 마음으로 이 보물을 기부하지 않았습니까?"

캐드펠은 피츠하몬이 무엇을 기대하고 이런 자선을 베풀었을지 자세히 설명하지 않았다. 어쨌든 제롬 수사와 논쟁을 벌이는 건 아무 의미도 없었다. 그러면 은백합 촛대와 농장 임대료가 공짜가 아니라는 사실을 누구보다 잘 알고 있을 테니까. 그러나 오즈월드 수사는 애석한 마음을 감추지 못했다. "저분이 보다 나은 방식으로 너그러움을 베풀었다면 더 좋았을 텐데요. 분명 이것은 아주 아름다운 물건이고 눈으로 보기에도 즐겁지만, 좋은 값을 받고 팔았다면 제가 돌보는 가난한 이들이 겨울을 나기에 충분한 돈을 마련할 수 있었을 겁니다. 도움을 받지 못하면 그들은 죽을지도 몰라요."

제롬 수사는 경악했다. "성모님께 직접 바친 공물입니다!" 그가 분개하며 탄식했다. "향유 단지를 가져와 주님의 발에 부은 여인에 대해 불평한 사도들과 똑같은 죄를 저지르지 않도록 조심하십시오. 우리 주님께서는 그녀가 좋은 일을 했으니 놔두라고 꾸짖으셨어요!"

"우리 주님께서는 선의와 헌신에서 우러난 갑작스러운 충동을 이해하신 것입니다." 오즈월드 수사가 힘 있게 대꾸했다. "그리고 주님께서는 그게 좋은 일이라고 말씀하지 않으셨어요. '그녀가 할 수 있는 일을 했다'고 하셨지요. 조금 더 깊이 생각하면 그녀가 할 수 있는 더 좋은 일이 있었으리라는 말씀도 하지 않으셨지만요. 이미 끝난 일이니 가진 것을 베푼 이에게 상처를 줘봤자 아무 소용 없겠지요. 쏟아버린 향유는 다시 담을 수 없으니 말입니다."

오즈월드 수사는 사랑과 죄책감이 어린 눈빛으로 은백합 한 쌍과 그 위에서 타오르는 긴 초의 불꽃을 바라보았다. 이 물건은 아직 온전했으니, 만일 기증자가 조금만 더 다정한 사람이었다면 다른 용도로 사용하도록 마음을 돌릴 수 있었을지 모른다. 하지만 어쨌든 기증자는 자신의 재산을 원하는 대로 처분할 권리가 있었다.

"아무리 합당한 이유라 한들, 성모님께 바쳐진 것을 다른 용도로 탐내는 것은 죄입니다." 제롬이 짐짓 독실한 척 훈계를 늘어놓았다.

"성모님께서 당신 뜻을 드러내실 수만 있다면 어떤 것이 더 큰 죄이고 어떤 것이 용인 가능한 희생인지 알게 되겠지요." 캐드펠 수사가 무뚝뚝하게 말했다.

"이 거룩한 제단을 밝히기 위해 어떤 대가를 치렀든, 그것을 지나치다 할 수 있을까요?" 제롬이 물었다.

좋은 질문이군, 저녁을 먹으러 식당으로 향하면서 캐드펠은 생각했다. 예를 들어 조던 수사에게 빛의 가치에 대해 물으면 무어라 답할까? 조던은 늙고 허약하고 시력을 점차 잃어가는 중이었다. 아직 형체는 구분할 수 있긴 하나 그마저 꿈속의 그림자처럼 뭉실했다. 수도원 회랑과 관할 구역을 잘 아는 덕에 어둠이 드리워도 자유롭게 움직이는 데는 어려움이 없었지만 매일같이 황혼이 어두운 그림자로 변해 주위를 포위하듯 좁혀오자 빛에 대한 그의 깊은 사랑은 날이 갈수록 지극해졌고, 결국 그는 다른 의무를 전부 포기하고 두 제단의 등잔불과 촛불을 돌보는 일을 맡았다. 언제나 빛, 그것도 성스러운 빛을 접하기 위해서였다. 오늘 밤기도가 끝나자마자 그는 크리스마스 날 새벽기도 때 연기가 나지 않는 깨끗한 불꽃을 유지하기 위해 촛불과 등잔의 심지를 정성껏 다듬을 것이다. 새벽기도와 찬양이 완전히 끝날 때까지 그가 잠을 자기나 할지 의심스러웠다. 나이가 많은 노인들은 잠을 거의 자지 않고, 수면은 그 자체로 일종의 암흑이니까. 그러나 조던이 소중히 여기는 것은 빛을 내는 불꽃이지 그것을 담는 그릇이 아니었다. 이 눈부신 2파운드짜리 양초는 평범한 나무 촛대에서도 똑같은 빛을 내지 않겠는가?

  캐드펠이 다른 수사들과 함께 따뜻한 방에서 쉬고 있을 때, 접객소에서 일하는 한 평수사가 그를 찾아왔다.

  "부인께서 수사님을 만나 뵙고 싶답니다. 두통이 너무 심해 잠을 잘 수가 없다고 하시네요. 진료소 담당 형제가 수사님이 치료약을 주실 수 있다고 말씀하셨어요."

  캐드펠은 말없이 그를 따라갔지만 다소 의구심을 느꼈다. 저녁기도 때 피츠하몬 부인은 충분히 건강하고 활기차 보였기 때문이다. 홀에서 마주쳤을 때도 별다른 이상은 없어 보였다. 부인은 마당과 수도원장 숙사를 오갈 때 입었던 망토를 그대로 두른 채였고, 길게 늘어진 두건이 얼굴에 그림자를 드리우고 있었다. 그녀의 뒤에는 말수 적은 하녀가 조용히 서 있었다.

"캐드펠 수사님이신가요? 허브와 조제약의 전문가라 절 도와주실 수 있다고 들었어요. 수도원장님의 만찬에 참석했다가 머리가 아파 먼저 돌아왔답니다. 남편한테는 잠자리에 일찍 들겠다고 했지만 통증이 너무 심해 잠을 이룰 수가 없네요. 저를 편안하게 해줄 약을 주실 수 있을까요? 듣자 하니 허브밭에서 온갖 약재들을 키우시고, 재배와 채집은 물론 말리고 달이는 일까지 모든 걸 직접 다 하신다면서요. 제 두통을 달래고 숙면을 이루게 해줄 만한 것을 갖고 계시지 않나요?"

캐드펠은 생각했다. 흠, 만일 그녀가 잠자리에서 나이 많은 남편의 난폭한 관심을 피할 수단을 찾고 있다면, 특히 남편이 술에 험하게 취해 있을 가능성이 높은 축제 날 밤이라면, 그걸로 부인을 탓할 수는 없지. 또 그녀가 정말로 그의 조제약을 필요로 하는지 의문을 제기하는 것은 캐드펠이 할 일이 아니었다. 손님은 주인이 제공할 수 있는 것이라면 무엇이든 요청할 수 있으니까.

"제가 만든 물약이 있는데 그게 도움이 될지도 모르겠군요." 캐드펠이 대답했다. "작업장에서 한 병 가져오지요."

"저도 같이 가도 될까요? 수사님의 작업장을 보고 싶네요." 부인은 이제 연약하고 지친 목소리를 내야 한다는 사실도 잊은 채 호기심 가득한 어린아이처럼 물었다. "이미 망토도 둘렀고 신발도 신었는걸요." 부인이 애교 있게 말을 이었다. "수도원장님과 저녁 식사를 하고 방금 돌아온 참이라서요."

"하지만 날이 추운데 안에 있는 편이 낫지 않을까요, 부인? 큰 마당은 비질을 했지만 정원에 난 길에는 아직 눈이 쌓여 있습니다."

"잠자리에 들기 전에 신선한 공기를 마시면 좋을 거예요." 그녀가 말했다. "별로 멀지도 않잖아요."

실제로 그리 멀지는 않았다. 건물에서 비쳐 나오는 은은한 불빛에서 벗어나자 검고 맑은 하늘 위로 차가운 불에서 튀어 오른 불티 같은 별들이 눈에 들어왔다. 동쪽 하늘에서는 몽글몽글한 눈구름이 피어오르고 있었다. 산울타리(살아 있는 나무를 빼곡히 심어 만든 울타리—옮긴이)로 둘러싸인 정원은 마치 잠든 나무들이 매서운 바람을 가로막고 온화한 공기를 내뿜는 듯 따스해 보였다. 깊은 적막이 흘렀다. 허브밭은 담장으로 둘러싸여 있었고, 캐드펠이 약을 끓이고 보관하는 나무 오두막은 최악의 추위를 피할 수 있는 곳이었다. 캐드펠이 오두막 안에 들어서 작은 등잔에 불을 밝히자 피츠하몬 부인은 기쁨과 놀라움에 자신이 연기할 역할도 잊고 밝고 호기심 넘치는 눈빛으로 주위를 둘러보았다. 하녀는 고개를 거의 돌리지 않은 채 얌전히 순종적으로 서 있었지만 눈동자는 좌우로 바삐 움직였고 뺨에도 희미하게 혈색이 돌며 생기가 피어났다. 희미하고 달콤한 각종 향기에 콧구멍

이 떨리는가 싶더니 즐거운 듯 입술이 눈에 띄게 휘었다.

부인은 호기심 많은 고양이처럼 모든 자루며 단지며 상자를 뒤지고 막자사발과 유리병을 들여다보며 쉴 새 없이 질문을 쏟아냈다. "이게 로즈마리인가요? 이 작고 길쭉하게 생긴 말린 거요. 그리고 이 커다란 자루 안에 든 건…… 곡물 낟알인가요?" 그녀가 자루 안쪽 깊숙이 손을 집어넣자 달콤한 향기가 오두막을 가득 채웠다. "라벤더군요? 이렇게 많이 수확하시다니. 우리 여성들을 위해 향수도 만들어주시려나요?"

"라벤더에는 다른 좋은 효능도 있지요." 캐드펠이 말했다. 그는 십자군 시절의 유산인 동방 양귀비로 만든 투명한 물약을 작은 병에 담았다. "머리와 영혼을 괴롭히는 모든 질환에 도움이 되고 향은 마음을 진정시켜준답니다. 라벤더와 다른 약초로 채운 작은 베개도 드리지요. 잠을 청하는 데 도움이 되거든요. 하지만 이 물약을 마시면 확실히 잠들 수 있습니다. 지금 드린 약을 전부 다 마셔도 아무런 부작용 없이 하룻밤 푹 잘 수 있을 겁니다."

부인은 캐드펠이 작업대 옆에 둔 작은 토기 그릇 더미를 재미있다는 듯 만지작거리고 있었다. 열매를 맺는 식물의 고운 씨앗을 펴 말리는 투박한 접시였다. 이내 그녀가 캐드펠이 건넨 수수한 약병을 뚫어져라 응시했다. "이걸로 충분할까요? 저는 약이 잘 안 받아서요."

"이 정도면 힘센 장정도 푹 잠들 수 있습니다." 캐드펠은 참을성 있게 그녀를 안심시켰다. "그러면서도 부인처럼 연약한 여성에게 아무 해도 입히지 않지요."

여인은 만족스럽다는 듯 산뜻하게 웃으며 병을 받아 들었다. "정말 감사합니다. 보답으로 수도원의 구호소에 작은 선물을 보내지요. 엘프기바, 베개를 챙겨라. 밤새 냄새를 맡으며 잠들면 달콤한 꿈을 꿀 수 있겠지."

하녀의 이름이 엘프기바로군. 의심의 여지 없는 북유럽 이름이었다. 캐드펠이 진즉에 알아차렸듯이 그녀는 얼음처럼 푸른 북유럽인 특유의 눈을 가졌고, 희고 고운 피부는 피곤해서인지 전보다 더 하얗게 질려 있었다. 그녀는 여기서 일어나는 모든 일을 미동 없이, 말 한마디 하지 않고서 그저 지켜볼 뿐이었다. 이 하녀는 여주인보다 나이가 많을까, 아니면 적을까? 알 수 없었다. 한 명은 너무 극성스러웠고 다른 한 명은 너무 조용했다.

캐드펠은 등불을 끄고 문을 닫은 다음 그들을 다시 마당까지 데려다준 뒤 간신히 시간을 맞추어 밤기도에 참석했다. 부인은 기도에 참석할 마음이 없어 보였다. 그녀의 남편으로 말하자면, 곤드레만드레 취한 상태는 아니었지만 양쪽에서 두 마부의 부축을 받으며 수도원장의 숙소를 떠나고 있었다. 그들은 천천히 접객소로 향했다. 수도원장은 밤기도 시간이 다가와 길고 지루한 만찬이 드디어 끝난 것에 안도했을 것이다. 그는 술을 마시지 않았고, 성모마리아 제단에 대한 깊은 신심을 제외하면 하모 피츠하몬과는 공통점이 거의 없었다.

여주인과 하녀는 이미 접객소 안으로 사라진 뒤였다. 젊은 마부는 주인을 부축하지 않은 손에 커다란 주전자를 들고 있었는데 잡고 있는 모양새로 보아 안이 가득 차 있는 것 같았다. 아직 술자리가 끝나지 않은 듯하니 젊은 부인은 받아 간 물약을 마시고 허브 베개를 꼭 끌어안은 채 잠들 수 있을 것이다. 캐드펠은 다소 착잡한 기분으로 밤기도에 참석해 희미한 위안을 얻었다.

예배를 마치고 형제 수사들과 함께 숙사로 향할 때에야 그는 양귀비 물약이 든 병의 뚜껑을 닫지 않았다는 사실을 기억해냈다. 추운 밤이라 물약이 상할 일은 없었지만 잠자리에 들기 전에 실수를 바로잡아야겠다는 생각이 들었다.

얼어붙은 길을 따뜻하고 안전하게 걷기 위해 모직 천으로 발을 감싸고 샌들을 신은 그의 걸음은 무척 조용했다. 캐드펠은 문걸쇠를 향해 손을 뻗다가 안에서 들려오는 음성에 놀라 멈칫했다. 부드럽고 속삭이는 듯한 몽환적인 목소리는 말이라기보다는 소리에, 언어라기보다는 애무에 가까웠지만 드문드문 알아들을 수 있는 단어들이 섞여 있었다. 젊고 조심스러운 남성의 음성이었다. "하지만 만일 그가…… 어떻게 하죠?" 그다음엔 참고 억누른 듯한 여자의 부드러운 웃음소리. "아침까지 잠들어 있을 거야. 걱정하지 마!" 그녀의 음성이 입맞춤에 막혀 잠잠해지고 웃음소리는 황홀감에 젖은 커다란 한숨으로 바뀌었다. 젊은이의 숨결이 승리감에 도취되어 들썩이는가 싶더니, 이내 기쁨이 사그라지고 다시 두려움이 찾아들었다. "하지만, 아시잖아요. 만약에 그 사람이……." 그러자 여자가 달래듯 말했다. "적어도 한 시간은…… 그때 우린 여기 없을 거야…… 점점 추워질 텐데…….”

그건 사실이었다. 나무 벽에 붙어 있는 침상에서 아무리 망토로 몸을 감싸고 가까이 붙어 있다 한들 두 사람이 여기서 밤을 온전히 보낼 수는 없었다. 캐드펠 수사는 조심조심 허브밭에서 물러나 공동 숙사로 향하며 덤덤히 생각에 잠겼다. 이제 그는 누가 자신이 조제한 물약을 마셨는지 알 것 같았다. 어쨌든 영주의 부인은 아니었다. 젊은 마부가 나르던 와인 주전자에 들어 있었을까? 술에 취하지 않았더라도 풍채 좋은 사내를 곯아떨어지게 하기에 충분한 양이었다. 이러고 있는 동안 시종은 주인을 잠자리에 눕혔을 것이며, 그곳은 부인이 불편한 몸을 추스르며 순수한 수면을 취하고 있어야 할 방과는 다른 곳이리라.

글쎄, 이건 캐드펠이 관여할 일이 아니었고 관여할 생각도 없었다. 딱히 여자를 비난할 마음도 들지 않았다. 하모와 결혼했을 때 과연 그녀에게 선택의 여지가 있긴 했을까? 게다가 남편과 비교되는 이 잘생긴 청년이 주변에서 계속 얼쩡거렸다면……. 옛사랑을 떠올리게 하는 그들의 짧지만 진정한 열정이 수사로서의 소명을 다하며 살아온 세월에 따끔한 통증을 안겼다. 적어도 그는 자신이 지금 무엇을 눈감아주고 있는지 알았다. 더구나 기회를 거머쥔 그녀의 대담함, 필요한 수단을 마련한 재치, 멀리 떨어져 있는 적당한 장소를 포착한 예리한 안목에 누가 감탄하지 않을 수 있으랴.

캐드펠은 잠자리에 들었다. 꿈도 없이 곯아떨어졌다가 자정 몇 분 전 새벽기도를 알리는 종소리에 깨어났다. 수사들은 줄을 지어 밤에 사용하는 계단을 따라 교회로 내려가서는 성모마리아 제단 앞의 부드럽고 충만한 불빛 속으로 들어섰다.

몇 시간 전부터 다른 수사들과 함께 숙소에 머물러야 했던 조던 수사가 제단 계단에서 몇 미터 물러난 곳에서 환희에 젖은 표정으로 두 손을 맞잡은 채 무릎을 꿇고 있었다. 상체는 꼿꼿이 세우고, 크게 뜨인 흐릿한 눈으로 자신이 사랑해 마지않는 불빛을 오롯이 응시하고 있었다. 로버트 부수도원장이 차가운 돌바닥에 앉아 있는 그를 보고 걱정스러운 마음에 탄식하며 어깨에 손을 얹자 조던 수사가 황홀경에서 깨어난 듯 퍼뜩 놀라며 환하게 빛나는 얼굴을 그들에게로 향했다.

"오, 형제들이여. 내게 크나큰 은총이 내렸다오! 정말이지 놀라운 일을 겪지 않았겠소…… 제게 이 은총을 허락해주신 주님을 찬양하나이다! 하지만 이해해주시오. 앞으로 사흘 동안은 아무에게도 말해선 안 된다고 말씀하셨으니, 사흘째 되는 날에 모든 걸 털어놓겠소!"

"형제들이여, 저걸 보십시오!" 제롬이 갑자기 손가락질을 하며 울부짖었다. "제단을 봐요!"

계속 기도를 이어나가며 조용히 미소 짓는 조던을 뺀 모두가 제롬이 가리키는 곳을 쳐다보고는 입을 쩍 벌렸다. 키 큰 양초가, 캐드펠이 씨앗을 분류할 때 사용하는 두 개의 작은 토기 그릇에 촛농으로 고정된 채 세워져 있었다. 은백합 한 쌍은 사라지고 없었다.

*

촛대의 실종과 혼돈, 사람들의 경악스러운 반응과 의심 속에서도 로버트 부수도원장은 그날의 일과를 굳건히 고수했다. 하모 피츠하몬이 아침까지 달콤한 무지 속에서 잠들어 있는 동안 새벽 기도와 찬양은 예정대로 진행되었다. 수도원에 기증된 은제 장식품을 도난당한 일보다 크리스마스가 훨씬 더 중요한 까닭이었다. 부수도원장은 예배가 진행되는 과정을 엄중하게 지켜보았고, 이후에는 수사들을 침대로 돌려보냈다. 수사들은 아침기도 시간이 될 때까지 잠을 자거나 두려움에 떨며 뜬눈으로 시간을 보냈다. 부수도원장은 또한 다른 형제들이 제롬 수사를 성가시게 하지 못하도록 조심시켰는데, 그가 이미 조던 노수사에게서 납득할 만한 이야기를 끌어내고자 남몰래 시도했기 때문이었다. 조던 수사는 혼자 도대체 뭘 알고 있는 건지, 도난 사건에 전혀 개의치 않는 것 같았다. 그는 그저 "사흘째 되는 날 자정까지 침묵하라는 명을 받았다오"라고만 되풀이할 뿐이었다. 그리고 대체 누가 그런 명을 내렸는지 물으면 지극히 행복한 미소를 띤 채 침묵하는 것이었다.

아침 미사 전에 하모 피츠하몬에게 소식을 전한 것은 로버트 부수도원장이었다. 피츠하몬은 노발대발하여 길길이 날뛰었지만 캐드펠의 양귀비 물약으로 인한 후유증 때문인지 생각보다는 기세가 덜했다. 분노가 충만할지언정 적어도 날카로운 기운은 다소 가라앉아 있었다. 시종인 늙은 마부 스웨인은 로버트 부수도원장이 동석했음에도 주인의 손이 닿지 않게 멀찍이 떨어져 있었고, 부인 역시 여전히 몸이 불편하고 조금 골이 난 듯 거리를 두고 앉아 있었다. 그녀는 의무적으로, 그리고 얼마간은 진심으로 이 극악무도한 일에 분개하며 도둑놈을 잡아 촛대를 되찾아야 한다는 남편의 말에 맞장구를 쳤다. 로버트 부수도원장도 그 점에 있어서는 똑같이 열성적이었다. 이 귀하고 값비싼 선물을 되찾기 위해서라면 어떠한 노력도 아끼지 말아야 했다. 그는 이미 도난범 수색의 단서가 될 여러 정황도 조사해둔 터였다. 지난밤 밤기도가 끝난 후 잠깐 눈이 내렸기에 땅바닥에 눈이 엷게 쌓여 있었는데, 이 깨끗한 눈밭 위에는 발자국 하나 보이지 않았다. 또 교회 본당에 있는 두 개의 문에서 이어지는 길을 직접 살펴본 결과 누구도 그 길을 사용한 적이 없다는 것도 확인됐다. 문지기는 아무도 문지기실 앞을 지나가지 않았다고 맹세했고, 수도원 담장이 없는 쪽에 흐르는 메올천川은 겨울이라 꽁꽁 얼어붙어 있었지만 양쪽 냇가 눈밭에 어떤 흔적도 없었다. 물론 수도원 경내 온 사방에 사람들이 지나다닌 발자국이 있긴 하나, 은촛대가 아직 제자리에 있던 밤기도 이후에 경내를 떠난 이는 없었다.

"그럼 이 비열한 놈이 아직 수도원 안에 있단 말입니까?" 하모가 복수심으로 눈을 빛내며 말했다. "잘됐군! 놈의 전리품도 아직 여기 있을 테니 모든 방과 수사들의 숙소까지 샅샅이 뒤지면 반드시 찾을 수 있을 겁니다. 물건도, 그리고 도둑놈도!"

"모든 곳을 수색할 겁니다." 로버트 부수도원장이 말했다. "사람들도 전부 심문할 거고요. 우리도 이 불경스러운 범죄에 대해 어르신만큼이나 크게 노하고 있습니다. 원하신다면 직접 수색을 감독하셔도 좋습니다."

그리하여 크리스마스 당일, 경건한 기쁨이 넘쳐나는 가운데 분노 어린 수색 작업이 경내를 휩쓸었다. 수사들 가운데 자신의 행적을 설명하지 못하는 이는 한 명도 없었다. 평소 워낙 규칙적인 일상을 영위하기에 형제들끼리 서로를 의심에서 구해주었다. 일반적인 시야에서 벗어나 특별한 의무를 행하는 수사들, 가령 허브밭을 일구는 캐드펠 같은 이들에게도 하나같이 행적을 보증해 줄 증인이 있었다. 평수사 형제들은 보다 자유롭게 돌아다녔지만 대개 두 사람씩 짝지어 일을 했다. 하인들과 몇몇 손님들도 결백을 주장했고, 설사 주장하지 않았다 해도 그들의 결백을 증명해줄 사람이 있었으며, 그들의 결백을 반박할 증거도 없었다. 하모의 두 마부 같은 경우, 스웨인은 주인을 눕힌 뒤 마구간 다락에 있는 자신의 잠자리로 돌아갔는데 그때 그가 분명 빈손이었음을 증언하는 이들이 여럿 나왔다. 흥미롭게도 스웨인은 실은 한 시간 뒤에나 돌아온 젊은 마부 마독이 자신과 함께 돌아갔으며 자신의 지시에 따라 기침 증세가 있던 짐말을 돌보며 내내 함께 있었다고 눈 하나 깜박이지 않고 맹세했다.

농노들끼리 본능적으로 주인에게 대항해 서로 편을 들어주는 걸까? 아니면 스웨인은 어젯밤 젊은 마부가 어디 있었는지, 아니면 적어도 그가 무엇을 했는지 알고 있으며, 그래서 주인의 끔찍한 보복을 피하게끔 보호해주려는 걸까? 마독은 합당한 이유로 오늘 아침 평소보다 침울하고 안색도 좋지 않았지만 대체적으로 표정을 잘 관리하며 여주인 쪽은 쳐다보지도 않았다. 여주인도 그를 부를 때 말투가 차고 날카로워 거리감이 느껴졌다.

가라앉은 분위기 속에서 저녁 식사를 마친 뒤 다시 수색 작업이 시작되자 캐드펠은 혼자 교회로 돌아갔다. 모두가 사라진 은촛대를 찾아 수도원 구석구석을 샅샅이 뒤지는 사이 이곳에서 뭔가 흥미로운 것을 발견할 수 있을지도 몰랐다. 캐드펠이 찾는 것은 커다란 은촛대처럼 눈에 띄는 것이 아니었다. 그는 제단에 절을 올린 다음 계단 위로 올라가 밝게 타오르고 있는 양초를 자세히 살펴보았다. 하모의 기증품 대신에 놓여 있는 이 소박한 그릇에 관심을 둔 사람은 아무도 없었다. 상황이 상황이다 보니 평소 캐드펠의 작업장을 방문하는 사람이 드물다는 것이 참으로 다행스러웠다. 그렇지 않았다면 이 작은 그릇이 거기서 나왔다는 것을 누군가 알아챘을 테니 말이다. 캐드펠이 내키는 대로 직접 모양을 빚고 구운 그릇들이었다. 도둑질을 묵인할 생각은 없지만, 아무리 벌받을 짓을 한 사람이라도 하모 피츠하몬의 처분에 맡겨질 것이라 생각하니 마음이 편치 않았다.

뭔가 길고 가느다란, 은빛으로 빛나는 금실 같은 것이 양초 밑동에 굳어 있는 촛농에 붙어 있었다. 양초를 조심스럽게 받침대에서 빼내자 긴 금발 가닥이 딸려 올라왔다. 잃어버리지 않게 머리카락이 붙어 있는 촛농 덩어리를 통째로 떼어낸 다음 혹시 양초 밑에 다른 게 붙어 있지는 않은지 들어 올려 확인해보았다. 작은 타원형 점 하나가 보였다. 캐드펠은 손톱으로 라벤더 씨앗을 떼어냈다. 처음부터 그릇에 담겨 있었을까? 아니라는 생각이 들었다. 아마 소맷자락에 붙어 있다가 촛불을 옮길 때 떨어진 것이리라.

영주의 부인은 라벤더 자루에 손을 집어넣었고, 작업장을 마구 돌아다니며 온갖 곳을 기웃거렸다. 접시 두 개를 망토 자락 안에 숨기는 일은 그다지 어렵지 않았을 것이다. 아니, 밀회를 마치고 빠져나올 때 젊은 마부 마독에게 접시를 슬쩍하라고 시켰다는 쪽이 더 그럴싸했다. 예를 들어 두 사람이 함께 도주를 계획하는 절박한 단계에 이르렀고 안전한 도피를 위해 자금이 필요했다면……. 그래, 그럴 수 있지. 한편 라벤더 씨앗은 캐드펠에게 또 다른 가설을 떠올리게 했다. 게다가 아마포 가닥과도 비슷하지만 그보다 훨씬 밝은 빛깔의 길고 가느다란 머리카락도 있었다. 마부 청년도 금발이긴 하다. 하지만 이렇게 밝은 색이었던가?

캐드펠은 얼어붙은 정원을 지나 식물 표본실로 향했다. 작업장 문을 단단히 걸어 잠근 다음 라벤더 자루를 열고 두 팔을 팔꿈치까지 깊숙이 집어넣어 낟알처럼 매끄럽게 흘러내리는 차갑고 부드러운 향내 속을 더듬었다. 자루 속 깊숙한 곳에 물건이 있었다. 그의 손가락이 먼저 첫 번째 꽃송이에 닿았고, 뒤이어 두 번째 형체를 더듬어 내려갔다. 캐드펠은 자세를 고쳐 앉아 어떻게 해야 할지 고심했다.

잃어버린 귀중품은 찾았지만 도둑의 신원이 밝혀진 것은 아니었다. 되찾은 물건을 제자리에 돌려놓는다 해도 피츠하몬은 복수심을 불태우며 범인을 찾을 때까지 사냥을 계속할 것이 분명했다. 이제껏 지켜본바, 누군가 목숨을 잃어야만 그가 만족하리라는 사실은 충분히 짐작할 만했다. 누군가를 함부로 고발해 죽음으로 몰아넣기 전에 더 자세한 사정을 알아봐야 했다. 하지만 물건을 여기 이대로 둘 수는 없었다. 수색대가 오두막을 뒤지러 올 것 같지는 않았지만 만에 하나 그런 일이 생기면 어쩌겠는가. 캐드펠은 촛대를 자루 조각으로 둘둘 말아 산울타리가 가장 무성하게 자란 곳에 쑤셔 넣었다. 얇게 얼어붙은 눈이 짧은 햇살에 녹아 덤불에 방울져 붙어 있었다. 팔을 어깨까지 쑥 집어넣었다가 빼내자, 나뭇가지가 제자리를 찾으며 흔적을 감쪽같이 가리고 꾸러미를 단단히 고정했다. 물건을 숨겨놓은 게 누구든 밤이 되면 반드시 찾으러 올 테고, 그러면 얼굴을 확인할 수 있을 것이었다.

촛대를 옮겨놓은 것은 아주 잘한 일이었다. 저녁기도 전에 화가 머리끝까지 치솟은 하모에게 이끌려 오두막까지 찾아온 수색대가 거기 있는 모든 물건을 샅샅이 조사했기 때문이다. 캐드펠은 혹시 만들어놓은 약들이 손상되지는 않을까 싶어 옆에서 그

모습을 지켜보았고, 수색대는 찾는 물건이 없다는 사실에 만족하며 떠났다. 사실 라벤더 자루를 철저하게 뒤지지는 않았기 때문에 촛대를 그대로 뒀다 해도 들키지는 않았을 것이다. 다행히 산울타리를 헤쳐볼 생각은 아무도 하지 않았다. 사람들이 헛간에서 사료와 곡식을 조사하는 동안 캐드펠은 은촛대들을 처음 있던 자리에 돌려놓았다. 덫에 미끼를 그대로 놓아두자. 사냥꾼이 먼저 발견할지도 모른다는 걱정에서 벗어나면 사냥감은 그것을 가지러 다시 돌아올 테니까. 캐드펠은 확신했다.

그는 잠을 자지 않고 기다렸다. 다른 수사들이 모두 잠든 뒤 공동 숙사에서 몰래 빠져나오는 건 별로 어렵지 않았다. 그의 방은 밤에 사용하는 계단 바로 옆이었고, 부수도원장은 긴 복도의 맨 끝에 머무는 데다 워낙 깊이 잠드는 사람이었다. 피부가 아릴 정도로 밤공기가 찼지만 사방이 막힌 오두막의 온기는 숙사와 비슷한 수준이었다. 게다가 항아리와 단지에 서리가 맺히는 것을 막기 위해 담요 몇 장도 구비해둔 터였다. 캐드펠은 부싯돌과 부싯깃이 든 작은 상자를 손에 쥔 채 문 뒤쪽 구석에 숨었다. 어쩌면 헛수고일 수도 있었다. 하루를 무사히 넘긴 도둑은 전리품을 챙기기 전에 조금 더 인내하는 편이 현명하다고 생각할지 모른다.

하지만 헛수고가 아니었다. 밤 10시가 다 된 늦은 시각, 문가에서 기척이 들렸다. 새벽기도 종이 울릴 때까지 두어 시간이 남았고 수도원 전체가 잠자리에 든 지 두어 시간이 지난 즈음이었다. 지금쯤이면 접객소의 손님들도 전부 잠들었을 테니 때를 매우 신중하게 선택한 셈이다. 캐드펠은 숨을 죽인 채 기다렸다. 문이 열리고, 그림자가 그를 스쳐 지나갔다. 가벼운 발걸음이 일말의 머뭇거림도 없이 곧장 벽에 세워진 라벤더 자루로 향했다. 캐드펠은 소리 없이 문을 밀어 닫고 등으로 막아섰다. 그런 다음 부싯돌로 불씨를 일으켜 작은 등잔 심지에 불을 붙였다.

여인은 놀라 소리를 지르지도, 그를 밀치고 어둠 속으로 도망치려 들지도 않았다. 어차피 성공하지 못하리라 여겼던 걸까? 그녀는 해결할 수 없는 문제를 참고 견디는 데 익숙했다. 작은 불꽃이 심지에 옮겨붙어 점점 더 크게 타오르는 동안 여인은 캐드펠을 똑바로 응시했다. 얼굴은 망토의 두건에 가려져 있고 품 안에는 촛대를 꼭 껴안은 채였다.

"엘프기바!" 캐드펠 수사가 온화한 목소리로 말했다. "자네 자신을 위해 온 건가, 아니면 여주인의 심부름으로 온 건가?" 하지만 답을 이미 알 것 같았다. 그 경박한 젊은 부인은 하모와의 동침이 아무리 지루하고 불쾌한들 부유한 남편과 편안한 삶을 버리고 무일푼의 농노 연인에게 모든 것을 걸지 않을 것이다. 안전하다는 확신이 들 때만 밀회를 즐길 뿐, 만일 늙은 남편이 죽는다 해도 군주의 뜻에 따라 똑같이 혐오스러운 남자와 다시 혼인하겠지. 부인에게는 주인공이나 모험가의 자질이 없었다. 그녀는 그런 것과 거리가 먼 부류였다.

캐드펠은 여인에게 다가가 조심스러운 손길로 머리에서 두건을 벗겼다. 캐드펠보다 한 뼘 정도 큰 엘프기바는 자신이 껴안고 있는 은백합 촛대처럼 꼿꼿하게 서 있었다. 머리를 덮고 있던 망사가 두건과 함께 뒤로 젖혀지자 희미한 불빛 아래 백금빛으로 빛나는 화사한 머리칼이 창백한 얼굴과 놀라우리만치 새파란 눈동자 주위로 폭포수처럼 흘러내렸다. 북유럽인 특유의 저 머리카락! 체셔까지 내려온 덴마크인들은 남쪽에 씨앗을 뿌리고 이렇게 키 큰 꽃을 심었다. 그녀는 더 이상 평범하고 피곤하고 체념한 모습이 아니었다. 침침하지만 온화한 불빛 속에서 근엄한 아름다움으로 빛나고 있었다! 조던 형제의 잘 보이지 않는 눈도 이 모습을 그리 받아들였으리라.

"이제 알겠군." 캐드펠이 말했다. "자네가 성모마리아 예배당에 들어와 반쯤 눈이 먼 우리 형제의 어둠에 빛을 비춰준 거야. 그에게 경외와 환희를 맛보게 하고 사흘간 침묵을 명한 것도 바로 자네였지."

이제야 듣게 된 목소리, 낮고 아름다운 목소리가 동요 없이 말했다. "제가 아닌 다른 존재라고 주장한 적 없어요. 그분이 멋대로 착각한 거죠. 전 선물을 거절하지 않았을 뿐이에요."

"알겠네. 거기 사람이 있을 거라곤 미처 생각지 못해 조던 형제를 맞닥뜨리자 당황했겠지. 그런데 그는 자네를 성모님으로 착각했고, 그러니 성모님께 바쳐진 것을 마음대로 처분해도 좋다고 여긴 게야. 이에 자네는 사흘 동안 침묵하겠다는 약속을 받아냈고." 라벤더 자루에 손을 집어넣은 것은 부인이었지만 베개를 가져간 것은 엘프기바였다. 헝겊 주머니 안에서 흘러나온 알갱이 한두 개가 증거를 남긴 것이다.

"그래요." 그녀는 흔들림 없는 푸른 눈으로 캐드펠을 바라보았다.

"그러니 결국 자네가 촛대를 훔쳐 간다는 사실을 그에게 숨길 생각은 없었다는 뜻이군."

질책이 아니었다. 캐드펠은 그녀를 이해하고 싶었다.

하지만 엘프기바가 곧바로 대꾸했다. "훔친 게 아니에요. 주인에게 돌려주려고 한 거죠."

"자네가 가지려고 그런 게 아니란 말인가?"

"그래요. 이건 제 게 아니니까. 그리고 피츠하몬의 것도 아니지요."

"그 말인즉슨," 캐드펠이 온화하게 물었다. "도둑질이 아니었다?"

"오, 그럼요." 엘프기바의 하얀 얼굴이 맹렬하게 타오르고 목소리가 하프 현처럼 떨렸다. "네, 도둑질이 일어나긴 했죠. 아주 사악하고 잔인한 도둑질이었어요. 하지만 지금 이곳에서 일어난 일은 아니에요. 지난해 피츠하몬이 촛대를 만든 알라드에게서 그것을 받아 갔을 때 일어난 일이에요. 그이는 저와 같은 농노였어요. 이걸 만드는 대가로 피츠하몬이 알라드에게 뭘 약속했는지 아세요? 그를 자유민으로 풀어주고 저와 결혼할 수 있게 해준다고 했어요. 우리가 3년이 넘도록 간청했던 일이었죠. 농노 신분 그대로라도 결혼만 할 수 있었다면 우린 고마워했을 거예요. 하지만 그는 그이를 놓아주겠다고 약속했어요! 자유민이 아내를 얻으면 똑같이 자유민이 되니 저도 자유를 약속받은 셈이었고요. 그런데 원했던 물건을 얻더니 약속 지키기를 거부하더군요. 심지어 비웃었어요! 제 눈으로 직접 보고 제 귀로 직접 들었어요! 그는 알라드를 개처럼 발로 걷어찼어요. 자신의 의무를 저버리고, 알라드가 마땅히 받아야 할 몫을 부인했죠. 그래서 알라드는 도망쳤어요. 성 스테파노 축일에요!"

"자네를 남겨두고?" 캐드펠이 부드럽게 물었다.

"절 데려갈 기회가 있기나 했을까요? 작별 인사를 할 수나 있었겠어요? 그는 피츠하몬의 다른 장원에서 육체노동을 해야 했어요. 그러다 마침내 기회가 찾아왔고, 그는 그것을 붙잡아 도망친 거예요. 전 슬프지 않았어요! 오히려 기뻤지요! 제가 죽든 살든, 그가 절 기억하든 아니든, 그이는 이제 자유예요. 정확히 말하면 이틀만 있으면 자유의 몸이 되죠. 1년하고도 하루 동안 자신이 가진 기술과 재주로 생계를 유지하면 자치구 규정에 따라 자유민이 될 수 있고, 나중에 발각되더라도 농노로 되돌아갈 필요가 없으니까요."

"그 친구가 자네를 잊었을 것 같진 않군." 캐드펠 수사가 말했다. "이제야 우리 형제가 왜 사흘 뒤에는 입을 열어도 되는지 알겠네. 도망친 농노를 찾아봤자 그땐 이미 늦었을 테니까 그렇겠지. 그럼 자네는 품에 껴안고 있는 그 아름다운 물건이 그것을 만든 알라드의 것이라고 여기는 건가?"

"당연하죠." 엘프기바가 말했다. "이것을 만든 대가를 받지 못했으니 당연히 그의 것이에요."

"그래서 오늘 밤 촛대를 갖고 그를 찾아가려 했군. 맞아! 그러고 보니 몇 가지 단서를 따라 런던까지 그 젊은이의 행방을 쫓았다고 했지…… 끝내 찾지는 못했지만 말이야. 자네에겐 더 자세한 정보가 있나 보지? 그에게서 직접 전갈을 받았나?"

창백한 얼굴에 미소가 떠올랐다. "그이도 저도 글을 읽거나 쓸 줄 몰라요. 그리고 시간을 다 채워 온전한 자유의 몸이 될 때까지는 섣불리 소식을 전해달라 부탁할 사람도 없고요. 아뇨, 전 아무런 전갈도 못 받았어요."

"하지만 슈루즈베리는 자유민이 아닌 이들이 1년하고도 하루만 버티면 자유를 얻을 수 있는 자치구이기도 하지. 그리고 현명한 사람들이 다스리는 자치구라면 솜씨 좋은 장인들의 유입을 장려하여 그들을 숨겨주고 보호해줄 걸세. 그렇지! 그래서 그 친구가 여기 있을지도 모른다고 생각한 거군. 런던을 향한 흔적은 거짓일 테고. 이렇게 가까운 곳에 방법이 있는데 뭐 하러 그리 멀리까지 가겠나. 하지만 슈루즈베리에서 그를 찾지 못하면 어떻게 할 셈인가?"

"다른 곳을 찾아봐야죠. 그이를 찾을 때까지는 멈추지 않을 거예요. 저도 도망자로 살 수 있어요. 가진 재주도 있고요. 그이 소식을 들을 때까지 혼자서 살아갈 수 있을 거예요. 슈루즈베리에는 훌륭한 장인들만큼이나 솜씨 좋은 재봉사가 필요하고, 은세공 기술을 가진 장인이라면 알라드처럼 재주 있는 사람에 대한 소문을 틀림없이 듣게 될 테니까요. 저는 그이를 찾아낼 거예요!"

"언제까지 말인가. 젊은이, 뒷일에 대해선 생각해봤나?"

"끝까지요." 엘프기바가 단호하게 말했다. "그이를 찾았는데 그가 저를 원하지 않는다면, 더 이상 제 생각을 하지 않고 다른 여자와 결혼해서 저를 잊어버렸다면, 그래도 전 당연히 그이의 것인 이 물건을 넘겨주고 원하는 대로 하라고 할 거예요. 그 사람 없이도 제 갈 길로 가서 최선을 다해 제 삶을 살 거예요. 그리고 제가 살아 있는 한 그이가 행복하게 살기를 바랄 거예요."

아, 저런. 그러면서도 엘프기바는 약간의 두려움을 내비치고 있었다. 하지만 그녀는 쉽게 잊힐 사람이 아니었다. 1년, 아니 수년이 지난다 한들.

"만일 자네를 보고 대단히 기뻐하며 여전히 자네를 사랑한다면 어쩔 텐가?"

"그렇다면," 엘프기바가 차분한 미소를 띠며 말했다. "노수사님의 눈에 모습을 빌려주신 우리 성모님께 맹세한 대로 해야죠. 만일 그가 저와 같은 마음이라면 이 촛대를 제값을 받을 수 있는 곳에 팔고 그 돈을 이곳 수도원의 구호소에 전달해 굶주린 이들을 먹일 수 있게 하겠다고 맹세했거든요. 우리가 그랬다는 건 아무도 모르겠지만, 그게 알라드와 제 선물이 될 거예요."

"성모님께서는 아실 걸세." 캐드펠이 말했다. "그리고 나도 알

테고. 자, 그럼 어떻게 수도원을 벗어나 슈루즈베리 시내로 갈 생각이었나? 수도원 문도, 시내로 들어가는 성문도 내일 아침까지 닫혀 있을 텐데 말이야."

여인은 어깨를 크게 으쓱했다. "본당 문은 열려 있잖아요. 제 흔적이 남더라도 마을에 안전한 은신처를 찾으면 별문제 없겠죠."

"이 추위 속에 밤을 보내겠다고? 아침이 오기도 전에 얼어 죽을 걸세. 아니, 생각을 좀 해봄세. 우리에겐 그보다 더 좋은 방법이 있을 거야."

엘프기바의 입술이 소리 없이 뻐끔거리며 '우리?'라는 모양을 그렸다. 하지만 그녀는 금세 이해했다. 캐드펠이 그녀의 결정에 의문을 제기하지 않았듯이 엘프기바 역시 캐드펠의 말에 토를 달지 않았다. 캐드펠은 그녀의 뺨 가득 따스한 기운이 퍼져나가며 미소가 깊어지는 모습을 바라보았다. 그 모습이 오래도록 기억에 남으리라는 생각이 들었다. "제 말을 믿어주시는군요!"

"한 마디 한 마디 전부 다 믿는다네. 촛대를 이리 주게. 내가 천으로 감싸주지. 망사와 두건도 다시 머리에 쓰고. 아침 이후엔 눈이 내리지 않았고 본당 문으로 가는 길은 사람들 발에 잘 다져졌으니 아무도 자네 발자국을 못 찾을 거야. 다리를 지나 마을에 다다르면 왼쪽, 성벽 아래 난 문 근처에 작은 집이 하나 있네. 그 집 사람들에게 아침이 되어 성문이 열릴 때까지 밤을 보낼 곳을 부탁하게. 캐드펠 수사가 보냈다고 해. 그 집 아들이 다쳤을 때

치료해준 적이 있거든. 따뜻한 구석에 누울 곳을 마련해줄 걸세. 아무 질문도 하지 말고, 사람들의 질문에도 대답하지 말게. 마을의 은세공 장인을 어디서 찾을 수 있는지도 그 집에서 알고 있을 테니 자네를 안내해줄 게야."

엘프기바는 밝고 옅은 금발을 묶고 망사와 두건으로 가린 뒤 망토를 둘러 다시 소박한 옷을 걸친 하녀가 되었다. 그녀는 아무런 의심도 없이 캐드펠의 지시에 순순히 따랐다. 그림자처럼 조용히 그를 따라 큰 마당을 지났고, 그가 발을 멈출 때면 똑같이 멈춰 섰다. 캐드펠은 그녀를 교회로 데려가 본당 문을 통해 거리로 내보냈다. 마지막 순간, 엘프기바가 반쯤 열린 문 사이로 그의 어깨를 향해 몸을 기울이며 말했다. "항상 감사드릴게요. 언젠가 꼭 소식을 전해드릴게요."

"전갈을 보낼 필요는 없고, 계속 기다릴 테니 내가 알아차릴 법한 신호를 보내게." 캐드펠이 말했다. "자, 지금 빨리 가게나. 아무도 없으니."

그녀는 수도원 문지기실을 지나 다리와 마을을 향해 길쭉한 그림자처럼 사뿐사뿐 조용히 사라졌다. 캐드펠은 살며시 문을 닫고 밤 계단을 따라 다시 공동 숙사로 돌아갔다. 잠들기엔 너무 늦었지만 종소리에 맞춰 일어나 행렬을 지어 새벽기도에 참석하러 가기엔 적당한 시간이었다.

다음 날 아침이 되자 소동이 일어났다. 모른 척하기엔 너무도 큰 소동이었다. 당연히 하녀가 대기하고 있으리라 생각한 피츠하몬 부인은 옷치장을 돕고 머리를 손질해줄 순종적인 그림자가 보이지 않자 짜증을 내며 큰 소리로 몸종을 찾았다. 엘프기바가 나타나지 않자 부인은 그녀를 찾아다녔고, 한 시간이 지나서야 유능한 하녀를 영영 잃었다는 사실을 깨달았다. 분노한 부인은 도움의 손길 없이 혼자 몸단장을 끝낸 다음 자신보다 먼저 일어나 미사에 함께 가기 위해 기다리고 있던 남편에게 짜증을 냈다. 엘프기바가 나타나지 않는 걸 보니 밤중에 도망친 게 틀림없다고 부인이 단언하자 남편은 그럴 리 없다며 조소했다. 따뜻하게 쉴 곳도 있고 먹을 것도 충분한데 제정신을 가진 어떤 여자가 그걸 다 버리고 살을 에는 추위 속으로 도망가겠는가? 하지만 그 또한 이내 사건들 사이의 연관성을 추측해내고 마침내 분노의 포효를 터트렸다.

"그 애가 사라졌다고? 내 촛대도 같이 가져갔겠지! 내가 장담하는데, 바로 그 여자야! 그 여자가 그런 거야! 더러운 도둑놈! 하지만 반드시 잡아서 다시 여기로 끌고 올 테다. 부정하게 얻은 이득을 절대로 살아서 즐기지 못할걸……."

부인 역시 남편의 모든 말에 진심으로 공감하는 듯했다. 그녀가 입을 열어 맞장구를 치려는 순간, 부부를 둘러싸고 있던 흥분한 수사들 사이로 캐드펠이 다가와 부인의 손목에 라벤더 씨앗 몇 개를 떨어뜨렸다. 부인은 황급히 입을 다물었다. 그 작은 알갱이들을 잠시 응시하다가 털어내고는 캐드펠 수사에게 짧게 시선을 보냈다. 두 사람의 눈이 마주친 순간 캐드펠이 빠르게 속삭였다. "부인, 너그럽게 행동하십시오. 하녀의 결백이 입증된다면 여주인의 결백도 입증될 겁니다."

그녀는 결코 어리석은 사람이 아니었다. 두 번째 눈짓이 오갔을 때, 그녀는 자신의 부정을 이미 들켰으며, 엘프기바를 상대로 사용할 수 있는 그 어떤 무기보다도 자신에게 치명적인 다른 무기를 가진 사람이 여기 있음을 확인한 터였다. 부인은 또한 결단력 있는 여인이었으니, 일단 갈 길을 선택한 후에는 고민하는 데 시간을 낭비하는 법이 없었다. 그녀는 엘프기바가 도망갔다고 불평했을 때와 똑같이 날카로운 말투로 남편에게 말했다.

"그 아이가 정말 도둑일까요? 당신도 알다시피 그건 바보 같은 생각이에요. 배은망덕하고 어리석어 날 떠날 수 있을지언정 도둑질은 한 번도 한 적이 없는 아이예요. 이번에도 그러지 않은 게 확실하고요. 그 애가 촛대를 훔쳤을 리 없어요. 그게 언제 사라졌는지 알잖아요. 그날 밤 내가 몸이 좋지 않아 일찍 잠자리에 든 거 기억하죠? 그 애는 부수도원장님이 도난 사실을 발견하고도 한참 지났을 때까지 내내 나랑 계속 있었어요. 당신이 돌아올 때까지 곁에 있어달라고 부탁했거든요. 하지만 당신은 끝내 침실로 돌아오지 않았죠!" 그녀는 쏘아붙이듯 말을 마쳤다. "당신도 기억하죠?"

하모는 그날 밤 일을 거의 기억하지 못했기 때문에 아내의 단호한 말에 반박할 수가 없었다. 그가 약간 신경질적으로 반응했을 때도, 그녀는 남편을 무서워하지 않았기에 주저 없이 응수했다. 물론 그녀는 자신의 말을 확신했다! 자신은 수도원장과의 저녁 식사 자리에서 술에 취할 만큼 어리석지 않았고, 술과는 관련 없는 다른 종류의 두통을 달래고 있었으며, 그래서 캐드펠 수사의 도움을 받았는데도 자정이 넘어서까지 잠을 이루지 못했다고. 그리고 엘프기바는 그때까지 그녀의 곁을 지켰다고. 온갖 수단을 동원해 도망간 하녀, 그 배은망덕한 계집애를 붙잡아 오는 건 대찬성이지만 그녀를 도둑이라 부르는 것은 옳지 않았다. 왜냐하면 그건 사실이 아니니까!

하모는 엘프기바를 추적했지만 열의는 이미 수그러들었고, 도망간 하녀와 재산을 되찾을 가능성은 낮아 보였다. 그는 두 마부와 하인의 절반을 양쪽 방향으로 보내, 혼자 서둘러 길을 가는 여자를 본 적이 있는지 탐문했지만 추격대는 하루 종일 허탕을 치고 돌아왔다.

리디어트에서 온 일행은 다음 날 한 자리가 빈 채로 집으로 돌아갔다. 피츠하몬 부인은 젊은 마독의 뒤에 얌전히 앉아 그의 넓은 어깨에 뺨을 기댔다. 심지어 그녀는 행렬이 수도원 문을 빠져나갈 때 캐드펠 수사에게 음흉한 미소를 지어 보이고, 큰길에 올랐을 때는 마독의 허리에서 한쪽 팔을 풀어 손을 흔들어 보이기까지 했다. 그리하여 하모는 마침내 서약에서 풀려난 조던 수사가 성모마리아께서 천사처럼 아름다운 빛의 환영으로 모습을 드러내시어 당신께 바쳐진 촛대를 거두어 가셨으며 그분이 그에게 사흘 동안 침묵을 명하셨다고 밝히는 자리에 참석하지 못했다. 듣는 이들 중 그 아름다운 여인이 실은 육신을 지닌 존재가 아니었을까 하는 의문을 품은 사람이 있었더라도 조던 수사에게 그렇게 말할 수는 없는 노릇이었다. 그 환영은 빛을 잃어가는 이에게 주어지는 위로와 위안이었으니까.

성 스테파노 축일 자정, 새벽기도 때 일어난 일이었다. 사람들이 다음 날 아침에 찾아올 걸인들을 위해 문지기실 앞에 놓아둔 자선 물품 중 크기는 작지만 놀랍도록 무거운 바구니가 하나 있었다. 문지기는 누가 그것을 가져다 놓았는지 기억하지 못했고, 다른 것들과 마찬가지로 음식이나 헌 옷이겠거니 생각했다. 하지만 바구니를 열어본 오즈월드 수사는 기쁨과 놀라움을 주체하지 못해 헤리버트 수도원장에게 달려가서는 기적과도 같은 소식을 전했다. 바구니 안에는 100마르크가 넘는 금화가 가득 들어 있었다. 잘만 활용하면 날이 풀릴 때까지 빈곤한 이들이 최악의 상황은 면하도록 도울 수 있을 터였다.

오즈월드 수사가 신앙심 가득한 목소리로 말했다. "성모님께서 당신의 뜻을 알리신 게 분명합니다. 이게 바로 우리가 바라던 계시 아니겠습니까?"

그것은 캐드펠에게 보내는 신호였다. 그가 바랐던 것보다 훨씬 빠른 응답, 말로 표현할 필요가 없는 소식 말이다. 여인은 사내를 찾았고 그는 그녀를 기쁘게 맞이했다. 자정이 지난 시점부터 은세공인 알라드는 자유인이 되었으며, 자유인과 혼인한 아내 또한 같은 자유민의 신분이 된 것이다. 엘프기바와 같은 여인을 얻기 위해서라면 그는 무엇이든 기꺼이 내어줄 수 있었으리라. 어찌 감히 황금과 은을 그에 비하랴.

목 격 자

앰브로즈 수사가 수도원의 임대료 징수일을 불과 며칠 앞두고 심한 편도선염으로 자리에 누워버린 것은 누가 뭐래도 적절치 못한 일이었다. 장부는 아직 미완성에, 새로 작성할 항목도 비어 있었기 때문이다. 앰브로즈 수사만큼 수도원 장부를 잘 아는 사람은 없었다. 그가 식품 저장실을 담당하는 매슈 수사의 서기로 일해온 지난 4년은 수도원에 새로운 기부금이 풍족하게 쏟아지던 시기였다. 턴강江의 새 물레방앗간, 목초지, 개간지, 마을에 자리한 가옥과 대지, 교외 경작지, 강 상류에 있는 어장, 심지어 교회 한두 곳에서 들어오는 수입도 꾸준하고 탄탄했으며, 더구나 교활한 소작인이나 변호사, 지대를 지불할 능력이 안 된다며 언제나 서너 가지 변명거리를 늘어놓는 집주인을 질책하는 데 있어 그의 솜씨를 따를 자는 아무도 없었다. 하지만 이제 시간이 흘러 징수일이 하루 앞으로 다가온 시점에도, 앰브로즈 형제는 진료실에 누워 병든 까마귀처럼 쉰 목소리로 꺽꺽대고 있었다.

슈루즈베리 시내와 교외를 돌며 늘 임대료를 직접 징수하는 매슈 수사의 수석 집사는 이를 거의 개인적인 모욕으로 받아들였다. 수도원에 들어온 지 넉 달도 되지 않은 젊은 평신도 서기에게 대신 일을 시켜야 했기 때문이다. 젊은이의 일솜씨에 불만이 있는 것은 아니었다. 그는 부지런하고 깔끔하게 장부를 쓸 줄 알았고, 내용 파악에도 깊은 관심과 주의를 기울였으며, 임대료 대장의 중요성을 이해하고 경탄과 존경 어린 눈빛을 보낼 줄도 알았다.

그럼에도 윌리엄 리드는 화가 나 있었고, 모든 이들에게 이 사실을 드러낼 작정이었다. 그는 50대에 이른 불평 많고 따지기 좋아하는 사내로, 누군가 흰색이라 말하면 검은색이라고 외치며 자기주장을 뒷받침할 문서를 증거로 가져오는 사람이었다. 임대료 징수일 전날 그는 수도원 진료소에 누워 있는 오랜 친구이자 조력자를 만나러 왔지만, 이 방문이 친구를 위로하기 위해서인지 아니면 책망하기 위해서인지는 분명치 않았다. 앰브로즈 수사는 아직 온전치 않은 목소리로 무언가 말하려 했으나 고통스러운 쌕쌕거림만 새어 나올 뿐이었다. 진정제인 비름즙을 처방하고 환자의 목에 거위 기름을 발라주던 캐드펠 수사는 결국 손바닥으로 그의 입을 막으며 말을 하지 말라고 일렀다.

"윌리엄," 캐드펠은 차분하게 말했다. "환자를 위로할 수 없다면 적어도 성가시게 하지는 마시게. 이 불쌍한 영혼도 자네에게 미안해하고 있고, 우리 둘 다 알다시피 자네 혼자서도 일을 능히 처리할 수 있잖나. 그러니 이 형제에게 그렇게 말하고 웃어주거나, 아니면 나가시게." 그러곤 기름으로 반들거리는 목에 질 좋은 웨일스 플란넬 천을 감아준 다음, 물약이 담긴 비커에서 스푼을 꺼내 들었다. 앰브로즈 수사는 마치 먹이를 기다리는 새끼 새처럼 입을 벌리곤 약간 놀란 듯한 표정에 고마움을 담아 열심히 약을 받아먹었다.

하지만 윌리엄 리드는 넋두리에서 그렇게 간단히 빠져나오지 못했다. "물론 수사님 잘못은 아니지요." 그는 마지못해 인정했다. "하지만 제게는 무척 불운한 일입니다. 임대료 대장이 하도 길어져서 일이 전에 비해 훨씬 늘어났는데 집안에도 골치 아픈 문제가 생겼단 말입니다. 말썽꾸러기 아들놈이 싸움박질을 벌이고 도박이나 하러 다니니 말이에요. 여태껏 몇 번이나 녀석에게 얘기했는지 몰라요. 한 번만 더 빚을 지거나 도와달라고 찾아오면 빈손으로 돌려보내겠다고, 네놈은 감옥에서 썩어봐야 정신을 차릴 거라고요. 다른 사람들은 자식에게서 마음의 평화와 위안을 얻는다는데, 제가 얻은 건 짜증뿐입니다."

이런 노래라면 윌리엄은 끝도 없이 영원히 부를 수 있었다. 앰브로즈 수사는 윌리엄이 아니라 자신이 그런 못마땅한 아들을 낳기라도 한 양 미안함이 가득 담긴 비굴한 표정을 지었다. 캐드펠은 그의 아들 리드와 간단한 인사 말고는 대화를 나눠본 적이 없었지만 일반적인 부자 관계와 그들 사이의 기대에 대해 충분히 알고 있기에 윌리엄의 불평을 에누리하여 받아들였다. 소문에 따르면 그 청년이 좀 거친 건 사실이었다. 하지만 성공을 꿈꾸는 스물두 살짜리 젊은이 중 그렇지 않은 이가 어디 있을까? 서른에 이르면 그들 대부분은 열심히 일하며 자신의 지갑과 가정, 그리고 아내를 돌보기 마련이었다.

"자네 아들도 때가 되면 다른 많은 젊은이들처럼 철이 들 걸세." 캐드펠이 태연하게 대꾸하며 수다스러운 방문객을 진료소 밖 큰 마당의 햇살 속으로 밀어냈다. 그들의 왼쪽에는 교회의 거대한 서쪽 탑이 우뚝 서 있었고, 오른쪽에는 기다란 접객소 건물과 그 너머 정원에서 막 새잎과 꽃봉오리를 틔운 나무들의 우듬지가 보였다. 촉촉한 진줏빛 햇살이 비스듬히 반사되는 석조물과 자갈길까지, 세상 전체가 부드러운 봄의 광채로 빛나고 있었다. "그리고 임대료에 대해서는 자네도 모르는 게 없잖나, 이 늙은 엄살꾼 같으니. 장부를 한 줄 한 줄 속속들이 알고 있으니 내일 일도 아침 산책을 하듯 술술 잘해낼 걸세. 어쨌든 자네 조수의 솜씨에 대해서는 불평 못 하겠지. 장부를 작성하느라 아주 열심히 일하지 않았나."

"제이컵이야 확실히 노력을 할 만큼 했지요." 집사가 조심스럽게 동의했다. "이렇게 짧은 시간 안에 수도원 업무를 얼마나 잘 파악했는지 놀라긴 했습니다. 요즘 젊은것들은 해야 할 일에 도통 관심들이 없잖아요. 변덕도 심하고 경솔해서 영 믿음직하지 못하죠. 그래서 녀석이 열성적으로 일하는 게 참 기특하더군요. 지금쯤이면 어떤 영지에서 돈을 얼마나 걷어야 하는지 전부 숙지하고 있을걸요. 맞아요, 착한 녀석이지요. 하지만 너무 순진해요. 캐드펠 수사님, 그게 녀석의 단점입니다. 너무 물러요. 양피지에 적힌 이름과 숫자에는 흔들리지 않을지 몰라도 친절한 혀를 가진 악당한테는 버티지 못할 겁니다. 남에게 잘 따지지도 못하고 냉정하게 굴 줄도 모르거든요. 모든 사람에게 너무 스스럼없는 건 결코 좋은 게 아니지요."

때는 한낮이었고 한 시간 정도 지나면 저녁기도가 시작될 것이었다. 큰 마당에는 사람들이 늘 꾸준히 오갔지만 지금이 가장 조용한 때였다. 두 사람은 느긋하게 마당을 가로질렀다. 캐드펠 수사는 허브밭에 있는 그의 작업장으로, 집사는 조수가 열심히 일하고 있을 회랑 북쪽 길의 필사실로 돌아가는 중이었다. 그러나 길이 갈라지는 지점에 도착하기 전에 두 젊은이가 회랑에서 나와 잡담을 나누며 그들을 향해 다가왔다.

슈롭셔 남부 볼던 출신인 제이컵은 어깨가 떡 벌어진 건장한 체격에 둥글고 정감 가는 얼굴과 크고 정직한 눈을 가진, 언제나 밝은 표정의 젊은이였다. 두 겹으로 접힌 양피지를 손에 들고 귀 뒤에 펜을 꽂아놓은 품새가 어느 면에서 보아도 열성적이고 근면한 서기의 모습이었다. 윗사람의 말마따나 제이컵은 누구에게나 지나치게 스스럼이 없었다. 반면 옆에서 그의 말을 경청하고 있는 깡마르고 여윈 얼굴의 사내는 그와 무척 다른 모습이다. 풍파에 시달린 날카로운 눈빛을 가진 그는 칙칙한 검은 옷 위에 무거운 짐의 마찰을 견딜 수 있는 가죽조끼를 걸치고 있었다. 왼쪽 어깨 뒤쪽은 많은 짐을 짊어지고 다니느라 옷감이 옅게 바랬고, 비를 막느라 모자 주위에 넓게 두른 챙은 축 처진 채였다. 그는 장사를 하러 슈루즈베리에 며칠 들른 행상인으로, 평민들을 위한 접객소에서 그리 보기 드문 유형은 아니었다. 슈롭셔의 길 위에는 언제나 이런 떠돌이 상인들이 돌아다녔다.

행상인은 윌리엄에게 아첨하듯 허리를 굽혀 좋은 하루 되시라고 인사하고는 숙소로 향했다. 하루를 마치기에는 아직 이른 시간이었는데, 어쩌면 오늘 하루 장사가 잘돼 물건을 보충하러 온 것인지도 몰랐다. 현명한 상인이라면 매번 모든 상품을 들고 다니기보다 언제든 쉽게 손닿을 곳에 비축해두는 법이니까.

그의 뒷모습을 좇는 윌리엄의 눈빛은 그다지 호의적이지 않았다. "저 사람이 네게 무엇을 원하더냐?" 윌리엄이 의심 가득한 표정으로 물었다. "저치는 너무 호기심이 많아. 저 커다란 코로 이곳저곳을 쑤시고 다니더구나. 제 먹잇감이 될 수 있겠다 싶은 집이면 무조건 알랑거리는 것 같던데. 필사실에는 뭐 하러 왔다더냐?"

제이컵이 눈을 더 크게 떴다. "오, 아니에요. 그는 정직한 사람이에요. 물론 모든 걸 알고 싶어 하고 질문도 많이 하는 건 사실이지만……."

"그러면 대답해주지 말아라." 집사가 단호하게 잘라 말했다.

"안 했어요. 아무 정보도 없는 평범한 대화만 나눴을 뿐이에요. 하지만 제가 보기에 저 사람은 호기심 많은 성격일 뿐 악의는 없어요. 호감을 사려고 모두에게 잘 맞춰주지만, 그건 그저 직업적인 습관일 거예요. 말재간 없는 행상은 끈이나 레이스를 많이 팔지 못하니까요." 청년은 태평스레 대답하며 손에 든 양피지를 흔들었다. "그나저나, 리코딘에 있는 이 넓은 토지에 대해 여쭤보고 싶은데요. 장부에 삭제된 기록이 있어서 비교하려고 사본을 찾아봤어요. 기억하세요? 한동안 분쟁이 있던 땅 말이에요. 상속인이 되찾으려고 했는데—"

"기억난다. 원본을 보여줄 테니 같이 가자꾸나. 어쨌든 행상인들에게는 예의가 허용하는 한 말을 아끼도록 해." 윌리엄이 진지한 어투로 타일렀다. "길 위에는 정직한 상인들만이 아니라 범죄자와 사기꾼도 있단다. 자, 먼저 가렴. 곧 따라갈 테니."

윌리엄은 젊은이가 자신의 지시를 따라 경쾌한 걸음걸이로 필사실로 돌아가는 모습을 지켜보았다. "아까도 말씀드렸듯이 저 녀석은 사람들을 너무 좋아한다니까요. 항상 사람들의 좋은 면만 보는 건 현명한 일이 아니지요. 하지만 그래도……" 그는 다시금 개인적인 한탄으로 돌아가 침울하게 덧붙였다. "망나니 같은 내 아들놈이 저 녀석만 같으면 좋겠군요. 벌써부터 도박 빚을 지질 않나, 길거리에서 난투극을 벌이다 잡혀갔는데 당장 벌금도 못 낼 처지이니까요. 그러면서 제가 제 체면 때문에라도 자기를 도와줄 거라고 철석같이 믿고 있지요. 내일 마을 임대료 징수를 마치고 나면 어떻게든 해결을 봐야겠습니다. 벌금 납부 기한이 사흘밖에 안 남았거든요. 녀석의 어미만 아니었어도…… 아니, 그래도 이번만큼은 녀석이 안달하는 꼴을 봐야겠어요."

윌리엄은 고개를 절레절레 흔들며 서기의 뒤를 따라 떠났다. 그리고 캐드펠은 그가 없는 사이 오스윈 수사가 무슨 어리석은 짓을 벌였는지, 혹은 천재적인 재주를 발휘했는지 확인하러 허브밭으로 향했다.

*

캐드펠은 아침기도를 마치고 형제 수사들과 예배당을 나오던 중 그날 하루 업무를 시작하러 나서는 윌리엄 집사를 발견했다. 허리띠에 바닥이 깊은 가죽 가방을 고정하고 두 개의 튼튼한 끈으로 비끄러맨 모습이었다. 저녁쯤이면 저 가방은 매년 도시와 성밖 북쪽 교외에서 거둬들이는 임대료로 무거워질 것이다. 배웅 나온 제이컵은 집사의 말을 귀 기울여 듣다가 수도원에 남아 장부 정리를 완벽하게 마무리하라는 신신당부에 한숨을 내쉬고 있었다. 행상인인 워린 헤어풋도 마을과 성문 길에 사는 여인들을 상대로 장사를 하기 위해 일찍 길을 나서는 참이었다. 직업적인 미소와 인사로 무장한 붙임성 있는 사람이었지만, 외양으로 보아 그렇게 노력을 기울여도 간신히 생계를 유지하는 정도에 그치는 듯했다.

　제이컵은 펜과 잉크병이 있는 경내로 돌아갔고, 집사 윌리엄은 중요한 업무를 수행하러 길을 떠났다. 캐드펠은 속으로 생각했다. 모든 이에게서 좋은 점을 보는 젊은이와 철저한 조사를 마칠 때까지 모든 것을 의심하는 나이 든 사내 중 어느 쪽이 옳을지 누가 장담할 수 있을까. 전자는 때때로 덫에 걸려 넘어질지 모르나 적어도 그 사이사이 따뜻한 햇살을 즐길 것이다. 반면에 후자는 발을 헛디디지 않을지언정 기쁨과 즐거움을 경험하는 일 또한 드물겠지. 둘 사이에서 중도를 찾을 수 있다면 참으로 좋으련만!

　아침 식사 때 그는 우연히 유트로피우스 수사 옆에 앉게 되었다. 이 수사를 잘 아는 사람은 아무도 없었다. 유트로피우스 형제는 불과 두 달 전 베네딕토회 소속의 작은 농장에서 슈루즈베리 성 베드로 성 바오로 수도원[6]으로 왔다. 하지만 가령 오스윈 수사의 경우엔 두 달이라는 시간이 그를 열린 책처럼 속속들이 파악하기에 충분했던 반면, 유트로피우스 수사는 모든 것을 꽁꽁 감추고 자신에 대해 거의 드러내지 않는 인물이었다. 서른쯤 되어 보이는 이 과묵한 젊은이는 주로 홀로 시간을 보냈고, 자기 앞에 있는 모든 것에 불만을 품은 듯 보였지만 결코 불평을 꺼내놓는 일이 없었다. 원래부터 수줍음과 낯가림이 심한 성격일 수도 있고, 아니면 자신의 처지와 세상에 대한 분노를 속으로 삭이는 것인지도 몰랐다. 지독한 실연을 겪어 마음의 평안을 찾아 수사가 되었다는 소문도 있었다. 하지만 소문이란 그저 그럴듯한 땔감이 부족해 상상력을 동원한 이야기에 불과하지 않겠는가.

유트로피우스는 식품 저장실을 관리하는 매슈 수사 밑에서 일했는데, 총명하여 읽고 쓸 줄 알았지만 필사 능력이 특별히 뛰어나거나 그 속도가 빠르지는 않았다. 앰브로즈 형제가 앓아누웠을 때, 어쩌면 그는 장부 업무를 맡게 되기를 내심 기대했을지 모른다. 어쩌면 평신도 서기가 자신보다 더 신임받는 것을 분하게 여겼을 수도 있다. 그러니까, 어쩌면 말이다! 유트로피우스에 관해서는 아직 모든 게 추측에 불과했다. 언젠가 누군가 무심코 던진 말이나 거부할 수 없는 호의의 행동이 그의 두터운 껍질을 꿰뚫게 되면, 그땐 비밀은 더 이상 비밀이 아니고 낯선 이도 더 이상 낯선 이가 아니게 될 것이지만.

캐드펠 수사는 영혼과 관련된 일에 관해서는 서두르지 않는 게 좋다는 걸 잘 알았다. 시간은 충분했다.

*

그날 오후, 캐드펠은 다락에 보관해둔 씨앗을 가지러 농장으로 돌아갔다가 제이컵과 마주쳤다. 청년은 필사 업무를 마치고 자신의 임대료 가죽 가방을 챙겨 성문 길로 나서는 중대한 순간을 앞두고 있었다.

"윌리엄이 자네에게도 토지 몇 군데를 맡겼나 보군." 캐드펠이 말했다.

"더 많이 맡기셨어도 좋았을 텐데요." 제이컵은 약간 불만스러운 기색을 내비치며 의젓하게 대답했다. 그는 스물다섯으로 이미 성인이었지만 귀엽고 통통한 얼굴 덕에 제 나이보다 어려 보였다. "하지만 제가 이곳 지리도, 세입자도 잘 알지 못하니 천천히 배우는 게 좋겠다고 하시더군요. 여유 있게 돌라면서 성문 외곽 길 부근만 부탁하셨어요. 그분 생각이 옳은 것 같아요. 제 예상보다 일이 더 오래 걸릴 것 같거든요. 그런 현명하신 분이 아들 일을 걱정하시는 걸 보니 안타까워요." 제이컵이 고개를 저으며 말을 이었다. "법적인 문제를 처리해야 하니 오늘 좀 늦더라도 걱정하지 말라고 하시던데, 큰 문제 없이 다 잘 해결되면 좋겠네요." 충성스러운 조수는 이렇게 말하고는 다른 걱정거리는 아랑곳없이 스승을 위해 의무를 다하겠다는 듯 굳건한 표정으로 출발했다.

캐드펠은 씨앗을 챙겨 허브밭으로 돌아가 한 시간쯤 만족스럽게 일한 뒤 손을 씻고 앰브로즈 수사의 상태를 확인하러 갔다. 그는 어제보다 조금 큰 목소리로 속삭였다. "일어나서 불쌍한 윌리엄을 도와줘야 할 것 같아요. 오늘 같은 날에는……!"

크고 거친 손바닥이 그의 입을 막았다. 캐드펠이 말했다. "현명한 사람답게 조용히 누워 있어요. 형제 없이도 잘할 수 있다는 걸 증명할 기회를 줘야지. 그러면 앞으로 형제를 더욱 소중히 여기게 될 겁니다. 이젠 그럴 때도 됐어요!" 그러곤 새장에 갇힌 이

새에게 먹을 것을 준 다음 일하러 밭으로 돌아갔다.

　저녁기도 시간에 유트로피우스 수사가 허둥지둥 들어와 숨을 가쁘게 몰아쉬며 자리에 앉았지만 늘 그렇듯 이유는 알 수 없었다. 저녁 식사를 하러 식당으로 향하는데, 제이컵이 임대료가 든 가죽 가방을 한 손에 쥔 채 조바심 가득한 모습으로 아직 돌아오지 않은 스승을 찾아 애타게 주위를 두리번거리는 모습이 보였다. 20분쯤 지나 식사가 끝날 때까지도 윌리엄은 여전히 모습을 드러내지 않았다. 어스름이 깔릴 무렵, 워런 헤어풋이 돌아와 피곤한 발걸음으로 중앙 마당을 가로질러 접객소로 향했다. 어깨 위 행상 짐은 아침에 나갔을 때보다 조금도 가벼워지지 않은 것 같았다.

*

　'죽음의 뱃사공' 마독은 사시사철 세번강에서 시체를 인양하는 일을 주된 생계로 삼았지만, 계절에 따라 생계와 운동을 겸할 수 있는 다른 여러 직업 또한 가지고 있었다. 그중에서도 그가 가장 즐기는 것은 낚시였는데, 특히 통통하게 다 자란 연어 떼가 강으로 돌아오는 이른 봄을 제일 좋아했다. 강어귀에 일찍 도착한 팔팔한 수컷 연어들은 산란을 위해 마치 운동선수처럼 펄쩍거리며 상류를 향해 수 킬로미터를 거슬러 올라갔다. 마독은 연어를 낚는 데 능숙해, 이날도 한 마리를 낚은 후 자신의 작고 동그란 배를 저어 성의 수문 아래로 향했다. 마을에서 내려오는 좁은 수로에서 수풀이 우거진 곳에 자리를 잡고는, 이번에는 더 짧은 낚싯줄을 드리웠다. 강둑의 무성한 나뭇잎이 좋은 엄폐물이 되어주니, 이곳에서는 낚싯줄이 움직일 때까지 배 바닥에 드러누워 선잠에 들기도 좋았다. 그런 그의 모습은 성곽이나 마을 벽, 높은 창문에서도 보이지 않을 터였다.

땅거미가 깔리기 시작할 무렵, 마독은 상류 쪽에서 무거운 물체가 물속에 떨어지는 커다란 첨벙 소리에 화들짝 놀라 깨어났다. 재빨리 정신을 차리고 물 쪽으로 조금 나와 소리가 난 방향을 살펴봤지만 원인이 될 만한 것은 아무것도 보이지 않았다. 그때 강 한가운데 일어난 물살의 소용돌이 속에서 회갈색 소매가 수면 위로 슬쩍 보이는가 싶더니 다음 순간 타원형의 하얀 얼굴이 솟아올랐다가 가라앉았다. 한 남자의 몸이 물살에 휩쓸려 천천히 방향을 바꾸며 떠내려가고 있었다. 마독은 곧바로 힘차게 노를 저어 그 뒤를 쫓았다. 강에서 시신을 건져 배에 싣는 것은 까다로운 일이지만, 워낙 이 일을 오래 해온 그는 부푼 소맷자락을 붙잡고 작은 배가 코르크처럼 깐닥거리며 물 위의 잎사귀마냥 빙글빙글 도는 와중에도 완벽한 균형을 유지한 채 그를 건져낼 수 있었다. 이때쯤 배는 강을 반쯤 건넌 상태였고, 강 건너편에는 게이 초원의 채소밭에서 일을 마치고 돌아가는 평수사 여섯 명이 있었다. 그들이 가장 가까운 도움의 손길이었다. 마독은 그쪽 강가로 배를 몰며 평수사들을 향해 멈추라고 고함을 질렀다.

평수사들이 강둑에 도착했을 때, 마독은 구조한 남자를 배 밖으로 끌어내 풀밭에 엎드리게 한 다음 허리를 단단히 잡아 들고서 크고 울퉁불퉁한 손으로 힘차게 압력을 가해 배 속에 든 물을 빼내는 중이었다.

"물속에 오래 있지는 않았어요. 빠지는 소리를 제가 들었거든요. 저기 수문 옆에서 뭔가 보지 못하셨습니까?" 그러나 수사들은 걱정스럽고 불안한 표정으로 고개를 저으며 흠뻑 젖은 남자 위로 허리를 숙일 뿐이었다. 바로 그때 남자가 갑자기 숨을 들이켜며 꺽꺽대더니 마신 물을 토해냈다. "숨을 쉬는군요. 살아나겠어요. 하마터면 죽을 뻔했습니다. 이걸 보세요!"

백발이 성성한 머리 뒤쪽에 갈라지고 움푹 파인 상처를 따라 피가 조금씩 배어 나오고 있었다.

평수사들 중 한 명이 외마디 소리를 지르더니 바닥에 무릎을 꿇고서는 고통스러워하는 창백한 얼굴에 불빛을 비췄다. "윌리엄 집사님! 수도원 집사님이잖아! 오늘 마을에 임대료를 걷으러 가셨는데…… 보세요! 허리춤의 돈주머니가 없어졌어요." 무거운 가방이 매달려 있던 가죽 허리띠에 반질반질하고 움푹 들어간 두 개의 자국이 남아 있었다. 튼튼한 허리띠의 아랫부분 가장자리에는 날카로운 칼에 의해 끈이 급하게 잘려 나간 흔적도 보였다. "강도 살인이에요!"

"하나는 확실하지만 다른 하나는…… 아직은 아니지요." 마독이 지적했다. "숨을 쉬고 있으니 안 죽었습니다. 하지만 어서 빨리 가까운 침상으로 옮겨 제대로 보살피는 게 좋겠어요. 수도원 진료소면 되겠군요. 수사님들이 지니신 삽과 호미를 씁시다. 그리고 여기 제 외투를 드릴 테니 수사님들도 옷을 내놓으시면…….."

 그들은 들것을 만들어 윌리엄을 최대한 빨리, 그리고 침착하게 수도원으로 옮겼다. 문지기실에 들어서자 문지기와 손님들, 수사들이 놀라 몰려들었다. 진료소를 운영하는 에드먼드 수사가 달려와 환자를 불가에 있는 침대로 안내했다. 제이컵도 허겁지겁 뛰어와 자신의 불안이 사실로 확인된 것을 보고 가슴 아픈 탄식을 터뜨렸지만, 이내 용감하게 마음을 추스른 뒤 캐드펠 수사를 찾아 달려갔다. 익사하거나 익사할 뻔한 사람들을 워낙 자주 본 덕에 침착함을 유지하고 있던 마독이 부원장에게 상황을 전했고, 그러자 부원장은 현명하게도 재빨리 마을로 전령을 보내 시장과 장관에게 이 사태를 전했다. 피해자의 젖은 옷을 벗기고 담요로 감싸 침대에 눕히기도 전에 수사가 시작되었다.

 행정관은 마독의 증언을 듣고, 처음엔 이 강인한 웨일스 출신의 뱃사공이 사람을 물에서 건져내는 것뿐 아니라 빠뜨리는 데도 능숙할지 모른다는 의심에 순간 눈을 가늘게 떴다. 하지만 그 경우라면 피해자가 자신을 공격한 사람의 이름이나 신원을 모른다는 확신이 없는 한 물에서 건지지 않았을 터였다. 의심의 순간을 목격한 마독이 피식 웃었다.

 "전 그보다 훨씬 나은 방법으로 생계를 유지한답니다. 하지만 굳이 묻고 싶으시다면, 게이 초원에서 밭을 일구던 사람들 중 제가 강을 따라 내려와 나무 아래 그 자리에서 낚싯줄을 드리우는 것을 본 사람이 있을 겁니다. 제가 이 사람을 내려놓기 전에는 물에 발을 디딘 적도 없을뿐더러, 나중엔 그들더러 도와달라고 외쳤다는 것도 증언해주겠지요. 행정관은 저를 모르시겠지만 여기 있는 수사님들은 저를 잘 알거든요."

슈루즈베리성에서 근무한 지 얼마 되지 않아 마독이 강 주변에서 어떤 특별한 지위를 누리고 있는지 잘 모르는 행정관은 에드먼드 수사의 열띤 옹호를 듣고서야 의심을 떨쳤다.

"하지만 죄송하게도 꾸벅꾸벅 졸고 있던 터라 그가 물에 빠질 때까진 아무것도 보거나 듣지 못했습니다." 마독이 감정을 누그러뜨리며 말을 이었다. "제가 말씀드릴 수 있는 건 그가 저보다 상류에 있었다는 것뿐입니다. 별로 멀진 않았어요. 누군가 수문둑에서 그를 떠민 것 같습니다."

"좁고 어두운 곳이지." 행정관이 말했다.

"위쪽에 있는 길도 복잡하고요. 해가 기울고 있었지만 그렇게 어둡진 않았으니…… 정신을 차리면 뭔가 말해줄 수 있지 않을까요. 범인을 봤을지도 모릅니다."

행정관은 체념한 듯 자리에 앉아 윌리엄이 깨어나길 기다렸지만 아직은 그럴 기미가 보이지 않았다. 캐드펠은 상처 부위를 닦고 붕대를 감은 다음 허브로 만든 연고를 발랐다. 의식을 잃은 집사는 두 눈을 감고 힘든 듯 입을 벌린 채 거친 숨소리를 내고 있었다. 마독이 불가에서 말려둔 코트를 집어 들더니 담담하게 어깨를 으쓱여 보였다. "여기 온 사이 누가 제 물고기를 훔쳐 가지나 않았으면 좋겠군요." 잡은 연어를 젖은 풀 한 움큼으로 둘둘 싼 다음 거꾸로 뒤집은 배 밑에 숨겨두고 온 터였다. "좋은 밤 되십시오, 수사님들. 그리고 부디 환자가 무사히 회복하기를 빕니다. 가능할지 모르겠지만 돈주머니도 다시 찾을 수 있으면 좋겠고요."

마독은 진료소 입구에 이르러 돌아보고는 다시 입을 열었다. "그러고 보니 참을성 강한 한 젊은 친구가 문 앞에서 벌벌 떨며 소식을 기다리고 있던데요. 들어와 자기 스승을 보고 싶다면서요. 일단은 머리에 부상을 입었을 뿐이고 앞으로 오래오래 살 거라고, 그것 말고는 더 말해줄 게 없으니 그만 자러 가라고 말해두긴 했는데, 들여보낼까요?"

캐드펠은 그 조급한 방문객을 쫓아내기 위해 마독과 함께 나갔다. 제이컵이 하얗게 질린 얼굴에 불안이 가득해서는, 밤의 추위에 맞서 몸을 옹송그린 채 두 다리를 팔로 껴안고 앉아 있었다. 사람들이 나오는 것을 보자 그는 희망에 찬 눈빛으로 올려다보며 간청의 말을 쏟아내려는 듯 입을 벌렸다. 거무스름하고 투박한, 단단하고 땅딸막한 체구의 마독이 그의 어깨를 다정하게 토닥이고는 옆을 쓱 지나쳐 문지기실을 향해 걸어갔다.

"자네도 따뜻한 곳에 가서 몸을 녹이지 그러나." 캐드펠 수사가 온화하게 말했다. "윌리엄은 곧 회복할 걸세. 하지만 한동안은 의식이 돌아오지 않을 거야. 자네가 이 추운 돌바닥에서 얼어 죽을 필요는 없네."

"잠을 잘 수가 있어야죠." 제이컵이 진지하게 말했다. "안 그래도 제가 말씀드렸었거든요. 거의 애원하다시피 졸랐죠. 제발 저도 같이 데려가달라고, 옆에 누가 있어야 한다고요. 하지만 그분은 혼자 임대료를 징수해온 지난 수년 동안 돈을 지킬 사람이 필요한 적은 한 번도 없었다고 하셨죠. 그런데 결국 이렇게…… 제가 들어가서 스승님 곁을 지키면 안 될까요? 소리도 안 내고 귀찮게 굴지도 않을게요…… 아직 아무 말씀도 못 하세요?"

"몇 시간은 더 있어야 할 거야. 혹시 말을 하게 되더라도 많은 얘기를 들려줄 수 있을지 모르겠네. 만약의 경우에 대비해 나도 에드먼드 형제도 곁에 있을 테니 걱정 말게. 주변에 사람은 적을수록 좋아."

"조금만 더 기다릴게요." 제이컵이 초조해하며 무릎을 더 세게 껴안았다.

뭐, 그러고 싶다면 그래야지. 하지만 곧 추위와 경련이 그에게 더 나은 분별력과 인내심을 가르쳐줄 것이다. 캐드펠은 문을 닫고 다시 할 일로 돌아갔다. 그래도 요즘 젊은 세대에 대한 윌리엄의 부정적인 생각이 틀렸음을 증명하는 착실하고 헌신적인 젊은 이를 만난 것은 나쁘지 않은 일이었다.

자정이 되기 전 또 다른 방문객이 찾아왔다. 문지기가 살며시 문을 열고 들어오더니, 윌리엄의 아들이 부친의 안부를 물으며 그를 보고 싶어 한다고 속삭였다. 마침 행정관이 아침까지는 별 소득이 없으리라 판단하고 리드 부인을 만나 남편이 살아 있으며 제대로 보살핌을 받고 있으니 금세 회복할 거라 안심시키러 떠난 터라. 캐드펠도 젊은이에게 여기서 시간 낭비하지 말고 집에 가 어머니를 돌보라고 얘기할 생각이었다. 그러니까, 문지기의 뒤를 말없이 따라온 단호한 표정의 젊은이와 마주치지 않았다면 말이다. 그는 키가 크고 부스스한 머리와 검은 눈을 가진 청년이었다. 구부정한 어깨에 얼굴은 굳어 있었지만 움직임이 조용하고 목소리는 낮았다. 애정이 어려 있다거나 염려하는 표정은 아니었다. 젊은이의 시선이 곧장 침대에 누워 있는 인물에게로 향했다. 환자의 이마는 땀에 젖어 있었지만 이제는 호흡이 다소 편안하고 정상적으로 돌아와 있었다. 청년은 뭔가를 골똘히 생각하는 듯 강렬한 눈빛으로 부친을 응시하더니, 쓸데없는 질문을 던지거나 예의를 차리느라 시간을 낭비하지 않고 차분한 목소리로 속삭였다. "여기 있겠습니다." 그러곤 부친의 침대 옆에 있는 장의자에 앉아 저돌적인 차분함을 유지하며 무릎 사이로 늘어뜨린 근육질의 길다란 두 손을 힘주어 맞잡았다.

  문지기가 캐드펠과 시선을 마주치더니 어깨를 으쓱여 보이고는 조용히 떠났다. 캐드펠은 침대 반대편에 앉아 이 부자의 모습을 조용히 주시했다. 똑같이 냉담하고 비판적이며 약간은 적대감마저 느껴지는 얼굴들이었지만, 어쨌든 두 사람은 이렇게 한 자리에, 침묵 속에 함께하고 있었다.

긴 침묵 끝에 마침내 아들이 두 가지 질문을 던졌다. 거의 마지못해 입 밖에 낸 듯한 첫 번째 질문은 "깨어나실 수 있을까요?"였다.

캐드펠은 환자의 편해진 호흡과 희미하게 돌아온 안색을 바라보며 담담히 대답했다. "그럴 걸세. 좀 기다리면 말이지."

이어 두 번째 질문이 튀어나왔다. "아직 아무 말씀도 없으셨나요?"

"아직은 그렇네." 캐드펠이 대답했다.

둘 중 어느 쪽이 더 중요한 질문일까? 궁금증이 일었다. 지금 이 순간 저 바깥 어딘가에는 윌리엄 리드가 의식을 찾으면 무슨 말을 꺼내놓을지 가슴 졸일 누군가가 있으리라.

윌리엄의 아들 에디 리드는—캐드펠은 그의 이름이 에드워드임을 기억해냈다. 참회왕 에드워드와 같은 이름이었다—밤새도록 거의 꼼짝도 않고 부친의 침대 옆을 지켰다. 그리고 그 시간 내내, 적어도 캐드펠이 자신을 지켜보고 있음을 의식할 때마다 얼굴을 찌푸렸다.

*

아침기도 시간이 되기 전, 행정관이 다시 환자를 확인하러 왔다. 제이컵은 그때까지도 초조하게 진료소 앞을 서성이며 문이 열릴 때마다 안을 들여다보았지만 먼저 들어오라는 말을 듣기 전에는 차마 발을 들일 엄두를 내지 못했다. 행정관은 에디를 끈덕지게 주시했으나 환자의 안정을 방해할까 봐 염려스러운지 아무 말도 하지 않았다. 7시가 지났을 무렵, 드디어 윌리엄이 몸을 뒤척이더니 초점 없는 눈을 떴다. 아직 말은 못 하고 신음만 조금 내다가 욱신거리는 머리 쪽으로 힘겹게 손을 들어 올렸다. 하지만 곧바로 느껴지는 찌릿한 통증에 깜짝 놀라 움찔했다. 행정관이 허리를 숙여 가까이 몸을 들이대자 캐드펠이 팔에 손을 얹으며 제지했다.

"환자에게 시간을 주시오! 머리를 심하게 맞았으니 제대로 정신을 차리려면 시간이 걸릴 거요. 그에게서 이야기를 듣기 전에 우리가 먼저 상황을 설명해줘야 하오." 그러곤 어리둥절해하는 환자에게 차분히 설명했다. "내가 누군지 알아보겠나? 캐드펠이네. 조금 있으면 에드먼드 형제가 아침기도를 마치고 나와 교대할 거야. 자네는 진료소에서 그의 보살핌을 받고 있네. 최악의 상황은 지났으니 이젠 아무 걱정 말고 누워서 다른 사람들 손에 몸을 맡기게. 자네는 머리를 세게 맞아 상처를 입고 강에 떨어져 익사할 뻔했어. 하지만 다 지난 일이고 이젠 안전하다네."

머리를 더듬던 손이 드디어 목표 지점에 도달했다. 윌리엄이 신음하며 화나고 놀란 표정을 지었다. 또렷하고 날카로운 눈빛이 돌아왔지만 기억을 더듬는 목소리는 아직 가냘팠다. "누군가 내 뒤로 접근했어요…… 열려 있는 마당 문으로 들어와서…… 내가 아는 건 그게 전부입니다." 급작스러운 깨달음이 그를 덮쳤다. 윌리엄은 충격을 받은 듯 울부짖으며 베개에서 머리를 들어 올리려다 날카로운 통증에 금세 포기했다. "임대료! 수도원 임대료가!"

"그깟 돈보다는 자네 목숨이 훨씬 소중해." 캐드펠이 진심을 담아 말했다. "그리고 돈은 되찾을 수 있을 걸세."

"당신을 공격한 사람이 칼로 가죽끈을 잘라 가방을 훔쳐 달아났습니다." 행정관이 몸을 기울이며 말했다. "당신이 도와준다면 아직 잡을 수 있어요. 공격을 받은 곳이 어딥니까?"

"우리 집에서 100걸음도 떨어지지 않은 곳이었습니다." 윌리엄이 쓸쓸하게 탄식했다. "일을 마치고서 집에 들렀어요. 장부도 점검하고 일을 전부 처리할 겸······." 그는 가장 중요한 이유에 관해서는 입을 꾹 다물었다. 방금 전까지는 옆에 침울한 표정으로 조용히 앉아 있는 청년을 막연히 인식했다면, 지금은 시야가 또렷해질 때까지 똑바로 응시하고 있었다. 두 사람이 서로를 바라보는 눈빛은 강렬했으니, 이는 오랜 경험의 결과라 할 만했다. "여기서 뭐 하는 거냐?" 윌리엄이 물었다.

"어머니께 전할 좋은 소식을 기다리고 있지요." 에디가 퉁명스럽게 대답하고는 도전적인 눈빛으로 행정관을 올려다보았다. "아버지는 집에 오셔서 제 죄목을 일일이 읊어준 뒤, 이틀 안에 내야 할 벌금은 당신의 몫이 아니라 저 혼자 져야 할 짐이라고 말씀하셨어요. 그러곤 제가 알아서 벌금을 내지 못하면 감옥에 가 죗값을 치러야 할 거라고 경고하셨죠. 아니면······." 에디가 마지

못해 덧붙였다. "이제껏 여러 번 그러셨듯 저를 두들겨 팬 다음 당신이 대신 갚아줄 수도 있다고 하셨어요. 하지만 전 잔소리를 듣고 싶지 않았고, 아버지는 무시당하는 걸 좋아하지 않으시죠. 그래서 집에서 뛰쳐나와 활터에 갔어요. 거기서 벌금의 절반을 낼 돈을 땄고요."

"그러니까 둘이서 심한 말다툼을 벌였다는 거군." 행정관이 의심 가득한 눈을 가늘게 뜨며 말을 이었다. "그러고서 얼마 후에 월리엄이 수도원에 임대료를 전달하러 가다가 강도에게 습격당해 돈을 빼앗기고 죽을 뻔했다는 거지? 그동안 자네는 감옥에 가지 않기 위해 필요한 돈의 절반을 벌었고?"

아버지와 아들을 지켜보던 캐드펠은 에디가 방금 전까지 이 불운한 습격 사건의 용의자로 자신이 의심받을 수도 있다는 사실을 상상조차 못 했다는 사실을 알아챘다. 심지어 월리엄은 지금 이 순간에도, 이성적으로 사고하는 사람이라면 누구나 그런 의혹을 품을 수 있다는 것 자체를 이해하지 못한 채였다. 그는 그저 오랜 버릇과 욱신거리는 두통 때문에 찌푸린 얼굴로 아들을 바라볼 뿐이었다.

"왜 집에 가서 어머니를 돌보지 않는 거냐?" 윌리엄이 투덜거리며 물었다.

"갈 거예요. 이제 아버지가 평소 모습으로 돌아온 것 같으니까요. 어머니는 충분한 보살핌을 받고 계세요. 사촌인 앨리스가 같이 있거든요. 어쨌든 아버지가 여전히 성미 고약한 골칫덩이에 앞으로 스무 해는 계속 성가신 잔소리로 괴롭히리라는 걸 아시면 지금보다 더 괜찮아지시겠죠." 에디가 울적하게 말했다. "가도 된다는 허락이 떨어지면 전 갈 거예요. 하지만 행정관께서 아버지가 다시 잠들기 전에 증언을 듣고 싶어 하시니, 지금 말씀을 좀 해보세요."

윌리엄은 기억을 더듬느라 미간을 찌푸리며 힘없이 입을 열었다. "집에서 나와 성모마리아 예배당으로 가는 길을 따라갔어요. 수문 위에 나 있는 길요. 무두장이네 집 마당 문이 열려 있던 게 기억납니다. 거길 지나간 다음…… 뒤에서 쫓아오는 발소리는 못 들었어요. 마치 벽이 내 몸 위로 무너진 것 같았는데, 그 뒤론 아무것도 기억나지 않습니다. 갑자기 추워졌다는 것만 빼고요. 추워 죽을 것 같았지요…… 누가 날 여기로 데려온 겁니까?"

그들은 윌리엄에게 무슨 일이 있었는지 말해주었다. 윌리엄은 기억의 커다란 공백을 느끼며 힘없이 고개만 가로저었다.

"놈이 마당 문 뒤에 숨어서 당신을 기다리고 있었을까요?"

"예, 그런 것 같군요."

"그런데 전혀 보지는 못했고요? 고개를 돌릴 시간도 없었나요? 범인을 추적할 단서가 하나도 없다고요? 체격이 어땠는지 짐작도 안 갑니까? 나이는요?"

아무것도 없었다. 그저 이른 땅거미가 깔려 있었고, 자신의 발소리밖에 들리지 않았고, 정원과 마당과 창고의 높은 담장 사이로 난 길을 따라 강으로 내려가는 동안 인기척이라곤 전혀 느끼지 못했다고, 충격과 함께 갑작스러운 암흑이 덮쳐왔다고만 그는 말했다. 윌리엄은, 금세 지치긴 했지만 정신은 충분히 맑았다. 그에게서는 더 이상 얻을 정보가 없었다.

그때 에드먼드 수사가 들어와 환자의 상태를 살피고는 방문객들에게 고갯짓으로 문 쪽을 가리켜 보였다. 그를 평화롭게 내버려두라는 뜻이었다. 에디가 축 늘어진 부친의 손에 서툴게 입을 맞췄다. 그보다는 차라리 깨물고 싶다는 기색이긴 했지만. 그러곤 눈을 깜박이며 햇살 가득한 큰 마당으로 걸어 나가 단호하고 반항적인 얼굴로 행정관의 처분을 기다렸다.

"아까 말씀드린 대로 전 아버지를 놔두고 활터에 갔어요. 내기를 했는데 결과가 좋았죠. 같이 있던 사람들의 이름을 원하시면 알려드릴게요. 하지만 아직 벌금의 나머지 절반은 못 구한 상태예요. 어쨌든 집에 늦게 돌아갔는데, 그때까지도 무슨 일이 있었는지 전혀 모르다가 사람이 와서 알려줬을 때에야 들었죠. 이제 집에 가도 될까요? 원하시는 대로 따를게요."

"가도 좋네." 허락이 너무 쉽게 떨어진 걸 보니 이 젊은이는 돌아가는 길이나 집에 도착한 후에도 계속 감시를 받을 게 뻔했다. "당분간 집을 떠나지 말도록 하게. 난 단순히 이름보다 더 많은 걸 원해. 어제 게이 초원에서 늦게까지 일한 평수사들의 증언을 들은 뒤 다시 마을로 돌아와 자네를 심문할 걸세."

사람들이 이미 마당에 모여 하루 일과를 준비하고 있었다. 에디는 부하들을 찾아 떠나는 행정관의 뒷모습을 노려보았다. 캐드펠은 청년이 잔뜩 찌푸린 얼굴로 생각에 잠기는 모습을 지켜보았다. 밝고 명랑한 표정을 짓는다면 꽤 잘생긴 얼굴이겠지만 지금은 그럴 여유가 없을 터다.

"아버지가 다시 건강해지실까요?" 돌연 에디가 검은 눈동자를 캐드펠에게 향하며 물었다.

"예전처럼 원기 왕성하게 회복되실 거야."

"잘 보살펴주실 거죠?"

"당연하지." 캐드펠은 능청스럽게 말을 이었다. "비록 그 친구가 성미 고약한 골칫덩이에 성가신 잔소리꾼이라도 말이지."

"여기 계신 분들 중 누구도 그렇게 말씀하시면 안 되죠!" 젊은이가 갑자기 발끈했다. "아버지는 지금까지 오랫동안 수도원에 충실하게 봉사해왔어요. 모욕하기보단 고마워해야 마땅한 거 아닌가요?" 그러더니 에디는 등을 돌려 성큼성큼 걸어 나갔다. 캐드펠은 생각에 잠겨 희미한 미소를 띤 채 청년의 뒷모습을 바라보았다.

이어 그는 조심스럽게 얼굴에서 미소를 지운 뒤 윌리엄에게로 돌아갔다. 환자는 자신과 아들 앞에 놓인 문제를 아직 심각하게 받아들일 준비가 되어 있지 않은 듯했다. 그는 두통을 떨치려 눈을 깜박이면서 우울한 어조로 자식에 대한 험담을 늘어놓았다.

"수사님도 보셨지요? 제가 왜 불평을 늘어놓을 수밖에 없는지 말이에요. 가족들한테서 위안과 지지를 받아야 마땅하건만, 저 못돼 처먹고 반항적이고 쓸모라고는 하나도 없는, 건방지고 무례

한 녀석은……."

"정말 그렇더군." 캐드펠이 무표정한 얼굴로 동정하듯 맞장구를 쳤다. "저렇게 어리석으니 감옥에서 대가를 치르게 하고 싶은 것도 당연해. 자네 잘못이 아니야."

그러자 매서운 눈빛이 돌아왔다. "그런 짓은 안 합니다!" 윌리엄이 사납게 쏘아붙였다. "저 애는 그 나이 때 나나 수사님과 하등 다를 바가 없어요. 시간이 약일 뿐, 내 자식한텐 아무 문제도 없다고요."

*

윌리엄 집사에게 닥친 재난이 성가대에서 접객소에 이르기까지 온 수도원의 평온을 뒤흔든 듯했다. 사람들의 집요한 질문 세례가 쏟아졌다. 제이컵은 부상당한 스승을 대신할 의무조차 잊은 채 새벽부터 진료소 앞에서 동동거리고 있었다. 캐드펠은 불안에 휩싸인 그가 안쓰러워 그렇게 걱정할 필요는 없다고, 최악의 상황은 지나갔으니 모든 게 다 잘될 것이라고 말해주었다.

"정말인가요, 수사님? 그분이 깨어나셨나요? 말씀도 하시고요? 정신도 맑아지셨나요?"

캐드펠은 인내심을 발휘해 청년을 거듭 안심시켰다.

"하지만 그런 악랄한 짓을 하다니! 그분이 행정관께 도움을 주실 수 있을까요? 습격자를 보셨대요? 범인이 누군지 아신대요?"

"그건 아닌 것 같네. 아무것도 보지 못했고, 뒤에서 공격당한 탓에 오늘 아침 진료소에서 정신을 차리기 전까지는 무슨 일이 있었는지도 몰랐다는군. 그러니 수사에 도움을 줄 수는 없을 게야. 예상치 못한 일이지."

"하지만 다시 건강해지시겠지요?"

"예전처럼 튼튼해질 걸세. 그리 오래 걸리지도 않을 테고."

"하느님, 감사합니다!" 제이컵은 열렬히 외치고는 만족스러운 표정으로 맡은 일을 하러 돌아갔다. 마을에서 걷은 임대료는 잃었지만 장부를 정리하는 일이 남아 있었다.

다소 놀라운 일은, 캐드펠이 공동 숙사로 돌아가는데 행상인 워린 헤어풋이 그를 불러 세워 매우 정중한 태도로 집사의 건강에 대해 물었다는 것이다. 워린은 제이컵처럼 평소 가까이 지내던 동료로서 불안감을 표출하기보다 수도원에 묵고 있는 손님으로서 예의 바른 연민과 악행에 대한 준법 시민의 분노, 그리고 정의 실현의 열망을 드러내고 있었다. 윌리엄 집사가 범인의 이름이나 얼굴을 알고 있나요? 저런, 정말 안타깝군요. 하지만 그는 여전히 정의가 실현되기를 바란다고 말했다. 혹시 운 좋게 누군가 돈이 들어 있는 가방을 찾아 돌려준다면 작게나마 보상이 주어질까요? 캐드펠은 정직한 사람이 가방을 찾아온다면 그럴지도 모르겠다고 생각했다. 워린은 무거운 짐을 짊어진 채 슈루즈베리 시내로 행상을 하러 떠났는데, 그 뒷모습이 왠지 모르게 의욕적이고 결의에 충만해 보였다.

하지만 가장 독특하고 신경 쓰이는 질문자는 따로 있었다. 아니, 사실 그는 아무것도 묻지 않고 조용히 진료소에 들어왔다. 이른 오후, 캐드펠이 밀린 잠을 보충하러 잠시 진료소에 들렀을 때였다. 유트로피우스 수사가 돌 가면 같은 얼굴에 움푹 들어간 커다란 눈으로 침대 발치에 꼼짝도 않고 서서 환자를 뚫어져라 바라보고 있었다. 캐드펠에게는 눈길 한번 주지 않았다. 지금 그의 시야에 들어오는 것이라곤 머리에 붕대를 칭칭 감은 채 너무도 평온하게 잠들어 있는 사람, 무덤이 될 수도 있었던 강에서 살아 돌아온 남자뿐이었다. 유트로피우스 수사는 한참이나 거기 서서 입술을 달싹거리며 들리지 않는 기도를 외우다가, 별안간 무아지경에서 깨어난 사람처럼 몸을 부르르 떨더니 가슴에 성호를 긋고는 나타났을 때처럼 소리 없이 사라졌다.

그 표정과 분위기가 너무 걱정스러운 나머지 캐드펠은 조용히 그를 쫓아 회랑을 지나 교회 안으로 들어섰다.

유트로피우스 수사가 높은 제단 앞에 무릎을 꿇고 있었다. 깍지 낀 두 손 위의 굳은 얼굴은 위쪽을 향해 있었고, 두 눈은 감긴 채였지만 속눈썹이 젖어 반짝이는 게 보였다. 강인한 육신과 격렬하고 고통스러운 마음을 지닌 30대의 잘생긴 청년. 그의 입술이 소리 없이, 그러나 제단 불빛 속에서 읽어낼 수는 있을 만큼 움직이고 있었다. "메아 쿨파…… 막시마 메아 쿨파(내 탓이오…… 내 큰 탓이로소이다)."

그에게 다가가 말을 걸고 싶었지만 지금은 그럴 때가 아니었다. 캐드펠은 유트로피우스 형제를 혼란스러운 고독의 잔해 속에 홀로 남겨둔 채 조용히 자리를 떴다. 무슨 일이 있었는지 몰라도, 드디어 그의 껍데기에 균열이 생겨 와해되고 있었다. 그 깨진 조각들을 다시는 온전히 이어 붙이지 못할 것이었다.

*

캐드펠은 저녁기도 전에 마을로 가 리드 부인에게 남편 소식을 전해주었다. 대십자상 앞에서 행정관과 마주친 것은 우연이었다. 두 사람은 발을 멈추고 서로 소식을 교환했다. 행정관은 의례적인 조치로 슈루즈베리에서 잘 알려진 범죄자 몇 명을 불러 전날의 행적을 캐물었지만 아무 성과도 없었다고 했다. 마을 성벽 아래 활터에 있었던 에디의 동료들은 그의 말이 사실이라고 맹세했지만 다들 어린 시절부터 잘 알고 지내던 친구들이라 별 의미가 없었다. 한 가지 새로운 소식은 습격이 발생한 정확한 지점이 밝혀졌다는 점이었다. 수문 윗길에서 윌리엄의 돈주머니에서 떨어져 나온 가죽 고리 하나가 발견되었다. 말끔하게 잘린 고리는 도둑이 서둘러 자리를 뜬 탓에 높은 벽 아래쪽 희미한 불빛 속에 떨어져 있었다.

"포목점 마차장 바로 아래입니다. 담장 높이가 3미터나 되고 길은 좁지요. 어디서든 절대 보이지 않을 장소예요. 목격자가 있을 가능성이 없습니다. 범행 장소를 아주 잘 선택한 셈이죠."

"아, 하지만 누군가 범행을 목격했을 만한 장소가 있긴 하오." 캐드펠이 문득 생각났다는 듯 말했다. "마차장과 헛간 위쪽 다락에 뚜껑 문이 하나 있거든. 벽보다 높은 곳에 있고 거리도 가깝지. 포목상 로저가 로드리 버한을 그곳에 재워준다오. 나이 많은 웨일스인으로 성모마리아 성당에서 동냥을 하는 사람이오. 그 시각이면 건초 더미에 이미 자리를 잡았을 테고, 날 좋은 저녁이었으니 열린 창가에 앉아 있었을지도 모르겠군. 만일 그때 그가 거기 없었더라도, 누가 알겠소? 거기 '있었을 수도 있다'는 사실만으로도 충분할지."

행정관에 대한 캐드펠의 추측은 옳았다. 슈루즈베리에 새로 부임한 그는 이곳 사정에 대해 아직 반절도 알지 못했다. 죽음의 뱃사공 마독도, 로드리 버한도 몰랐다. 그가 이 특별한 사건을 맡게 된 것은 순전히 우연이지만, 아마도 그리 나쁜 우연은 아닐 것이다.

"당신 덕에 한 가지 생각이 떠올랐다오." 캐드펠이 말했다. "어쩌면 그게 우리를 진실에 가까이 다가가게 해줄지도 모르겠소. 나로선 노인을 위험에 빠뜨리고 싶지 않고, 아마 그럴 필요도 없을 거요. 잘 들어봐요. 당신만 괜찮으면 범인을 꾀어낼 함정을 팔 수 있을 것 같소. 성공하면 범인을 잡을 수 있고 실패해도 잃을 게 없지. 하지만 조용히 진행해야 하니 다른 사람들에게 알려서는 안 되오. 미끼는 내게 맡기시오. 한번 해보겠소? 물고기를 낚으면 그건 당신의 공로가 될 거요. 할 일이라고 해봐야 야간에 감시하는 일 정도요."

행정관은 벌써부터 명예와 승진에 대한 기대로 가슴이 부풀기 시작했지만 아직은 신중함을 유지하며 그를 응시했다. "어쩌실 작정입니까?"

"당신이 벽에 가려 아무도 보지 못할 장소에서 범행을 저질렀다고 가정해봅시다. 한데 갑자기 어떤 노인이 1년 내내 매일 밤 그곳이 내려다보이는 곳에서 잠을 잔다는 소문을 들은 거요. 어쩌면 당신이 일을 저질렀을 때 거기 있었을지도 모르지. 이 늙은이는 아직 조사를 받지 않은 상태인데, 그러다 내일 심문이 예정되어 있다는 이야기를 들으면……."

"수사님," 행정관이 말했다. "저도 수사님과 함께하겠습니다. 계속 말씀해보시지요."

*

덫이 성공적으로 작동하고 죄 지은 자 외에는 누구도 위험에 빠지지 않도록 하려면, 그 전에 미리 준비해둘 일이 두 가지 있었다. 야간 외출 허가를 받는 문제는 걱정할 필요가 없었다. 허가를 받지 못할 경우 한때 종종 활용하던 방법을 이용해 무단으로 나가는 것도 가능했다. 캐드펠은 지금까지 자신을 신뢰해준 라둘푸스 수도원장[7]에 대한 믿음을 지니고 있었다. 정의는 허용된 열정이요, 정의로운 이는 그것을 존중하는 법이니. 일단 그는 성모마리아 성당을 찾아가 서쪽 문 옆, 그에게만 주어진 특권이자 명예로운 자리에 앉아 있는 덕망 높은 걸인을 만났다.

'작은' 로드리. 그의 아버지 역시 로드리였고, 그와 마찬가지로 존경받는 걸인이었다. 로드리는 캐드펠의 발소리를 알아듣고 곰보 자국이 얽은 짙은 갈색의 주름투성이 얼굴을 쳐들며 웃었다.

"캐드펠 수사님 아니십니까. 무슨 일인가요?"

캐드펠은 그의 옆에 앉아 뜸을 들였다. "어제저녁 자네 잠자리 바로 아래쪽에서 벌어진 끔찍한 일에 대해 들었을 걸세. 간밤에 거기 있었나?"

"그 일이 일어났을 땐 없었지요." 노인은 하얗게 센 머리를 긁적이며 신중하게 대답했다. "그 시각 거기엔 아무도 없었습니다. 어젯밤에는 아주 늦은 시간까지 구걸을 했어요. 날이 온화했거든요. 저녁기도가 끝난 후에야 돌아갔지요."

"상관없네." 캐드펠이 말했다. "친구, 오늘 밤 자네 보금자리를 빌리고 싶으니 다른 곳에 몸을 의탁할 수 있겠나? 날 도와주면—"

"같은 웨일스인을 위해서라면 무슨 부탁이든 들어드리지요." 노인이 흔쾌히 말했다. "말씀만 하세요." 하지만 막상 캐드펠의 설명을 듣자 그는 단호하게 고개를 저었다. "다락 안쪽에 방이 있습니다. 한겨울이면 추위를 피해 그곳으로 들어가 온기를 찾지요. 제가 왜 자리를 비워야 합니까? 그 앞에는 문도 있고, 수사님과 다른 사람들이 있을 공간도 넉넉합니다. 그리고 캐드펠 수사님, 전 윌리엄 리드의 살인범이 재판을 받을 때 증인으로 함께하고 싶습니다."

로드리가 몸을 기울여 교회에서 기도를 올리고 나오는 독실한 여성 신도에게 동냥 그릇을 흔들었다. 일은 일이니까. 그가 앉아 있는 곳은 슈루즈베리의 모든 구걸꾼들이 부러워하는 자리였다. 로드리는 베풂을 실천한 신도에게 축복의 말을 건넨 뒤 뒤늦게 손을 뻗어 자리를 뜨려는 캐드펠을 붙들었다.

"수사님, 도움이 될지도 모를 이야기가 있습니다. 어제저녁 마독이 윌리엄을 물에서 건져 올렸을 때 수사님 한 분이 다리 밑에 있었다더군요. 꼭 꿈이라도 꾸는 사람처럼 한동안 멍하니 서 있었는데, 그닥 좋은 꿈 같지는 않았답니다. 마을 사람들이 아직 잘 모르는 수사님 있잖습니까, 한창나이에 좀 어둡고, 항상 혼자 있는……."

"그는 어제 저녁기도에 좀 늦었지." 캐드펠이 기억을 더듬었다.

"나쁜 의도 없이 가만히 앉아 있는 사람한테는 온 세상이 다 가온다고, 다들 저한테 이런저런 이야기를 해주거든요. 사람들이 그러는데 그 수사가 신발을 신은 채 물속으로 걸어 들어가더랍니다. 점점 더 깊이 들어가려는데, 그때 뱃사공 마독이 물에 빠진 사람을 건졌다고 외쳤대요. 그랬더니 그 수상한 수사가 물 밖으로 나와 내면의 악마로부터 도망쳤고요. 여하튼 사람들 말로는 그렇답디다. 이 이야기가 수사님께 도움이 될까요?"

"그렇다네." 캐드펠이 천천히 말했다. "큰 도움이 되지."

*

캐드펠은 윌리엄 집사의 새처럼 발랄한 아내를 안심시키며 하루나 이틀이면 남편이 새것처럼 온전한 모습으로 돌아올 거라고 전한 뒤, 에디를 마당으로 데리고 나가 앞으로의 계획에 대해 말해주었다.

"난 이제 가서 이 소식에 조바심을 느낄지 모를 몇몇 사람들 귀에 들어가게끔 조용히 말을 흘릴 생각이네. 하지만 너무 서둘러서도 안 되지. 왜 행정관한테 바로 전달해 조사하게 하지 않는지 의심을 부르면 안 되니까. 마지막 순간, 어둠이 내리고 우리 선량한 형제들이 잠자리에 들기 전 하루를 마무리할 즈음, 문득 생각난 양 말을 흘릴 거야. 문제의 장소가 내려다보이는 곳이 한 군데 있다고. 1년 내내 그곳에서 밤을 보내는 사람이 있으니 그 사람이 뭐 알지도 모른다고. 그러곤 내일 아침 일찍 그 소식을 행정관에게 전할 생각이라고 덧붙여야지. 목격자의 눈을 두려워하는 사람에겐 오늘 밤밖에 행동할 시간이 없도록 말이야."

청년은 미심쩍은 표정으로 캐드펠을 쳐다봤지만 그 눈빛은 밝게 번득이고 있었다. "저를 함정에 빠뜨릴 생각은 아니신 것 같고, 그렇다면 다른 식으로 이용하시려는 건가요?"

"자네 아버지잖나. 원한다면 뒤쪽 다락방에서 다른 증인들과 함께 기다려도 괜찮아. 하지만 명심하게. 이 미끼에 누가 걸려들지는 나도, 어느 누구도 몰라."

"만일 아무도 걸려들지 않으면," 에디가 삐딱한 웃음을 지으며 말했다. "제게 계속 의심이 따라붙겠죠."

"그럴 테지! 하지만 이 방법이 통한다면……."

에디가 엄숙하게 고개를 끄덕였다. "어느 쪽이든 전 잃을 게 없어요. 하지만 한 가지 바꾸고 싶은 게 있습니다. 제 말을 들어주시지 않으면 이 함정에 대해 폭로해버릴 거예요. 로드리 버한과 행정관과 함께 뒤쪽 다락방에 숨어 있을 사람은 제가 아니에요. 수사님이죠. 전 짚 더미에서 자는 척하면서 살인범을 기다릴 겁니다. 수사님 말씀이 옳아요. 그분은 제 아버지예요. 수사님 아버지가 아니라 제 아버지라고요!"

이것은 캐드펠 수사의 계획에 전혀 없던 일이었다. 하지만 크게 놀랍지는 않았다. 게다가 청년의 의욕 넘치는 얼굴과 조용한 목소리에 담긴 강렬한 감정으로 미루어보건대 말려봤자 별 소용이 있을 것 같지도 않았다. 하지만 일단 그는 노력했다.

"이보게, 자네 아버지 일이니 잘 생각해야지. 아버지는 자네를 필요로 할 거야. 전에도 윌리엄을 죽이려 한 자이니 이번에는 일을 확실히 마무리 지으려 하겠지. 다락에 나타난다면 아마 칼을 갖고 올 테고, 자네가 아무리 단단히 각오하고 예민하게 귀 기울인들 잠든 척 누워 있는 불리한 상황에서는—"

"그럼 수사님의 감각은 저보다 더 예민한가요? 수사님이 저보다 힘도 더 세고 더 빠른가요?" 에디가 갑자기 씩 웃더니 크고 묵직한 손으로 캐드펠의 어깨를 두드렸다. "걱정하지 마세요, 수사님. 전 충분히 대비되어 있으니까요. 수사님은 가서 씨앗을 뿌리세요! 부디 결실을 맺을 수 있기를! 전 그 열매를 딸 준비를 하고 있겠습니다."

강도 및 살인미수가 발생한 지 하루 반도 지나기 전에 이미 마을 전체에 커다란 파장이 일고 있었으니, 이 사건을 화제로 삼거나 주변에 퍼트리고 싶게끔 만드는 새로운 정보 부스러기를 뿌리는 일은 별로 어렵지 않았다. 밤기도를 마치고 반 시간 동안 캐드펠은 개인적인 용무를 보러 다녔다. 사실상 사건에 대해 먼저 말을 꺼낼 필요조차 없었다. 다들 온통 그 이야기뿐이었으니까. 약간의 어려움이 있다면, 문제의 정보를 사람들이 각자 따로 있을 때 꺼내놓아야 한다는 것이었다. 다수의 사람들 앞에서 말했다가는 이곳 토박이들이 명백한 반론을 제기해 계획 자체를 수포로 돌릴 수 있었기 때문이다. 하지만 이조차 큰 문제는 되지 않았다. 캐드펠이 접근한 이들 중 범인이 있다 해도 절대 남에게 발설하지 않을 터였다. 워낙 고민할 게 많으니 다른 이들과 시간을 보내거나 수다를 떨 마음이 없으리라.

오랜 시간에 걸쳐 부지런히 필사를 마친 제이컵은 굳은 몸을 풀고 하품을 하며 진료소에 나타났다. 그가 휴식을 취하는 시간이라고는 끼니를 때우고 스승에게 문병을 갈 때뿐이었다. 진료소

난롯가에 다가앉을 정도로 회복된 윌리엄은 캐드펠의 말을 들으며 눈을 크게 뜬 채 열렬히 반응하고 있었다. 시간이 늦긴 했어도 서둘러 성에 가 경비병에게 알리는 게 좋겠다고 제안했지만, 캐드펠은 열심히 일하는 법 집행관들이 밤의 휴식을 방해받는 것을 달가워하지 않을 거라고, 어차피 아침까지는 아무런 조치도 취할 수 없을 거라고 대답했다.

윌리엄의 상태가 어떤지 물어보러 온 접객소의 선량한 문병객 여섯 명의 경우에는 어차피 모두 슈루즈베리 출신이 아니고 주민들에 대해 잘 알지 못할 것이기에, 단순한 가능성일 뿐이라는 전제를 달아 한꺼번에 터놓고 말해주었다. 워린 헤어풋도 그중 한 명이었는데, 그가 아마 이 예의 차린 문병을 주도한 듯했다. 그는 언제나 그렇듯 겸손하면서도 열성적으로 반응했고, 정의가 실현될 아주 작은 가능성을 매우 반갑게 받아들였다.

이제 마음의 고통에 젖어 있는 듯한 수수께끼 같은 인물이 한 명 남았다. 분명 살인자는 아니요, 자살자도 아니지만, 모든 단서로 볼 때 하마터면 후자가 될 뻔했던 사람이었다. 마독이 "익사자다!"라고 외치지만 않았어도 그는 물살에 몸을 던져 자신의 생명을 포기했을지 모른다. 마치 하느님께서 천상에서 번갯불을 내리쳐 그 행동이 얼마나 심각한 죄인지 일깨우고 눈 깜짝할 사이에 그를 지옥 불에서 끄집어낸 것만 같았다. 하지만 상처 입고 참회하며 이 세상으로 돌아온 이들에게도 사람이, 그리고 사람들의 온기가 필요한 법이다.

환자를 마지막으로 방문하러 갔을 때, 캐드펠은 진료소 문을 열기도 전에 무엇을 보게 될지 예감했다. 윌리엄과 유트로피우스 수사가 난로 양쪽에 앉아 조곤조곤 이야기를 나누고 있었다. 침묵은 말과 같고 말은 침묵만큼이나 많은 것을 전달하는 대화였다. 두 사람이 어떤 실로 이어져 있는지는 모르나 그 무엇도 그것을 끊을 수는 없었다. 캐드펠은 두 사람의 눈에 띄지 않고 자리를 뜨려 했지만 하필 문이 삐걱거리는 바람에 유트로피우스 수사가 고개를 돌려 쳐다보더니 자리에서 일어났다.

"네, 형제님, 압니다. 제가 너무 오래 있었지요. 그만 가보겠습니다."

공동 숙사로 물러나 평온하게 잠을 청할 시간이었다. 큰 마당에서 캐드펠의 곁에 선 유트로피우스는 평화를 찾은 이의 얼굴을 하고 있었다. 여전히 벼락같은 계시에 압도된 듯한 기색이 조금은 엿보였으나 이미 고해성사를 하고 용서받은 모양이었다. 이제 그는 속에 든 것을 비워낸 채, 동료에게 어떻게 손을 내밀어야 할지 여전히 잘 모르는 듯 쭈뼛거리고 있었다.

"오늘 오후에 교회에 들어왔던 분이 형제님이셨던 것 같군요. 걱정을 끼쳐드렸다면 죄송합니다. 오늘 저는 제 과오를 새로운 눈으로 보게 되었습니다. 제가 저지른 죄 때문에 아무 잘못도 없는 사람이 죽은 것만 같은 기분이었어요. 형제님, 저는 절망이 대죄라는 것을 오랫동안 머리로 알고 있었지만 이제는 제 피와 창자와 심장으로 압니다."

캐드펠은 조심스럽게 발걸음을 옮기며 대답했다. "진심을 다해 깊이 회개한다면 어떤 죄도 대죄가 아니지요. 그는 살아 있고, 형제도 살아 있어요. 형제의 상황을 극단적으로 볼 필요는 없습니다. 많은 이들이 비탄을 피해 수도원으로 도망치지만, 결국 그곳에도 비탄이 따라다닌다는 것을 깨닫게 되지요."

"한 여인이 있었습니다……." 유트로피우스 형제가 낮고 차분한 목소리로 힘겹게 운을 뗐다. "지금까지는 이 이야기를 꺼내지 못했어요. 절 가혹하게 속인 여인이었지만 사랑하지 않을 수 없었습니다. 그녀가 없는 제 인생은 무가치해 보였지요. 하지만 이제는 제 삶이 얼마나 값진 것인지 압니다. 남은 세월 동안 그 값을 온전히 치르고 불평 없이 짊어질 것입니다."

캐드펠은 아무 말도 하지 않았다. 죄 있는 자와 그렇지 않은 자를 가려내는 그물망 속에서 그날 밤 편안하게 잠을 이룰 유일한 사람이 있다면 그건 바로 유트로피우스 수사이리라. 반면 캐드펠 자신은 그날 밤 주어진 시간을 최대한 활용해야 했다. 그는 가장 빠른 길을 택해 포목점으로, 그 위에 위치한 다락을 향해서 바삐 걸었다. 밤은 완연했고 범인이 미끼를 물었다면 머지않아 끝을 볼 수 있을 터였다.

*

가파른 사다리가 로드리네 뚜껑 문 아래쪽 벽, 항상 기대어져 있던 자리에 그대로 놓여 있었다. 바깥 다락은 완전히 어둠에 잠긴 상태가 아니었는데, 언제나 그랬듯 네모난 뚜껑 문이 별이 빛나는 하늘을 향해 열려 있는 덕분이었다. 신선한 공기 속에 지난 여름에 쌓아둔 건초와 마른 짚에서 따뜻하고 향긋한 냄새가 풍겼다. 겨울이라 그 양은 많이 줄었지만 편안한 잠자리가 되기엔 충분했다. 에디는 왼쪽으로 누워 네모난 하늘을 내다보며 오른팔로 얼굴을 가린 채 바깥을 감시하고 있었다.

안쪽 다락방에서는 소리가 들리도록 문을 열어놓고서 캐드펠 수사와 행정관, 로드리 버한이 등잔과 부싯돌과 무기를 든 채 대기하고 있었다. 아마도 한 시간 이상은 그렇게 있어야 할 것이다. 만일 범인이 온다면, 냉철한 인내심과 자제력을 발휘하여 사람들이 가장 깊이 잠든 한밤중까지 기다릴 테니까.

놈은 정말로 왔다. 물고기가 미끼를 거부했나, 라는 생각이 캐드펠의 머릿속에 떠오르기 시작할 즈음이었다. 새벽 2시, 혹은 그보다 조금 지났을 무렵, 팔로 얼굴을 감싼 채 끈질기게 밖을 감시하던 에디가 드디어 네모난 하늘의 평평한 밑면에서 불쑥 올라온 머리를 발견했다. 짙푸른색 배경 위에 떠오른 검은 그림자에 불과했지만 이미 어둠에 익숙해진 눈에는 충분히 뚜렷하게 보였다. 에디는 여전히 가만히 누워 깊이 잠든 사람처럼 길고 규칙적인 숨소리를 냈다. 머리통이 조금씩 은밀하게 솟아나더니 마침내 침입자가 머리와 어깨를 모두 드러내고는 한참 동안 미동도 없이 숨소리에 귀를 기울였다. 그저 단순한 실루엣뿐이라, 나이도 머리색도 알 수가 없었다. 스무 살인지 쉰 살인지 구분할 단서도 없었다. 그는 놀랍도록 소리 없이 움직이고 있었다.

어쨌든 그는 안심한 것 같았다. 꾸준하고 규칙적인 숨소리를 확인하자 이내 놀라운 속도로 사다리의 마지막 단을 타고 올라 뚜껑 문을 통해 안으로 들어섰다. 그의 몸뚱이가 문으로 비쳐 들어오던 빛을 가로막았다. 남자는 다시 가만히 멈춰서 자신의 움직임 때문에 자던 사람이 깨지는 않았는지 확인했다. 귀를 쫑긋 곤두세우고 있던 에디는 칼집에서 단검이 미끄러져 나오는 작은 속삭임을 들었다. 단검은 가장 조용한 무기지만 고유의 독특한 소리를 지닌다. 에디는 몸을 아주 살짝 돌리고 몸 아래쪽에 있는 왼팔을 조심조심 움직여 격투에 대비했다.

덩어리와 그림자, 움직이는 어둠이 점점 더 가까이 다가오는 것을 시각보다 감으로 알 수 있었다. 에디는 사내의 몸에서 발산되는 뜨거운 기운을, 옷자락이 휘젓는 공기의 움직임을 느꼈다. 놈이 왼팔과 손을 조심스럽게 뻗어 에디가 어떤 자세로 누워 있는지 확인하려고 몸 위쪽을 더듬대는 게 느껴졌다. 암살자가 몸을 구부리고 왼손으로 찌를 곳을 찾는 사이 칼을 쥔 채 기다리고 있는 오른손이 대충 어디쯤 있는지 알 것 같았다. 에디는 몸을 덮고 있는 거친 마대 밑에서―걸인은 좋은 모직 옷을 입지 않으니까―공격에 대비해 몸을 긴장시켰다.

공격의 순간, 살인자가 몸을 뒤로 젖힌 채 체중을 실어 비수를 휘두르자 마치 축복처럼 하늘의 반쪽이 드러나면서 빛의 파편이 칼날을 따라 움직였다. 에디는 재빨리 등을 돌려 피한 다음 왼손으로 놈의 손목을 붙잡아 돌진해 오는 단검을 막았다. 그러곤 벌떡 몸을 일으켜 단검이 닿지 않도록 한껏 밀어내며 오른손으로 상대의 목을 움켜쥐었다. 그들은 바스락거리는 짚 더미에서 함께 굴러 나와 몸싸움을 벌이다가 나무 벽에 부딪쳤다. 깜짝 놀란 습격자가 외마디 비명을 지르며 캑캑거렸다. 에디는 단 한마디의 소리도 내지 않았고, 오직 분노에 찬 움직임만이 그의 의지를 드러냈다. 그는 상대가 왼손을 휘둘러 자신을 할퀴는데도 전혀 아랑곳하지 않고 두 손을 내뻗어 단검을 붙들었다. 이어 온 힘을 다해 팔꿈치로 상대를 바닥에 찍어 눌렀다. 목 졸린 비명 소리가 나더니 힘을 잃은 손가락 사이로 단검이 떨어졌다. 에디는 순식간에 축 늘어져 헐떡거리는 몸 위에 걸터앉아 여전히 이름 모를 얼굴을 향해 칼을 들이댔다.

안쪽 다락에서 행정관이 일어나 문에 손을 얹었지만 캐드펠이 그의 팔을 붙잡아 만류했다. 열기 어린 속삭임이 그들의 귀에 선명하게 닿았으나 성별도 나이도 특징도 딱히 짐작할 수가 없었다. "찌르지 마, 잠깐! 내 말 좀 들어봐." 그는 겁에 질린 와중에도 머리를 굴려 계략을 꾸미고 있었다. "너구나. 널 알아. 들은 적이 있거든. 그 사람 아들이지? 날 죽이지 마. 그럴 필요가 없잖아. 네가 여기 있을 줄은 몰랐어. 널 해칠 생각은 없었는데……."

언제 필요할지 모를 부싯깃 상자에 손을 얹은 채 문 뒤에서 귀를 기울이던 캐드펠은 조용히 생각했다. 그래, 에디에 대해 들었을지도 모르지. 하지만 소문이라는 것은 종종 오도되는 법. 소문에는 과장과 숨은 의미가 담겨 있고, 모든 귀가 그것을 포착할 수 있는 것은 아니었다.

"움직이지 마!" 에디의 음성은 위험할 정도로 차분하고 이성적이었다. "할 말이 있으면 움직이지 말고 말만 해. 네 목에 이 장난감을 댄 채로도 들을 수 있으니까. 내가 널 죽일 거라고 말했던가?"

"안 돼!" 낮고 숨 가쁜 목소리가 간절히 애원했다. 캐드펠은 이제 그 목소리의 주인이 누군지 알았다. 행정관은 아마 모를 것이다. 몸을 바짝 댄 채 귀 기울여 듣고 있는 로드리 버한도 마찬가지일 테고. 한 번도 들은 적이 없을 테니까. 그렇지만 않았다면 박쥐의 가장 높은 소리도 들을 수 있는 로드리가 진즉에 알아차렸을 테지. "내가 도와줄게. 내일까지 벌금을 내지 못하면 감옥에 가야 한다지? 그가 그렇게 말하는 걸 들었거든. 아버지한테 빚을 얼마나 졌어? 그는 널 빼내주지 않을 거야. 하지만 난 해줄 수 있지. 들어봐. 날 풀어주고 오늘 일에 대해 입만 다물어 주면 네게 절반을 줄게. 수도원 임대료의 절반이 네 거라고. 약속할게!"

적막이 흘렀다. 에디는 꼬임을 받아도 흥정하기보다 덤벼들 성정이었지만 꾹 참아내는 데 성공했다.

"나랑 손잡자." 침묵에 용기를 얻은 목소리가 에디를 살살 달래기 시작했다. "아무도 몰라, 아무도! 거지가 여기서 잔다더니 그는 없고! 여기서 무슨 일이 있었는지 아는 건 너랑 나뿐이야. 설령 그들이 널 이용하고 있더라도, 잘 생각해봐. 그들이 어떻게 알겠어? 그러니까 날 보내주고 입만 다물면 아무 문제 없을 거야. 너와 나, 우리 둘 다."

다시금 스산한 침묵이 흐르더니 에디가 의심 가득한 차가운 목소리로 말했다. "훔친 돈이 어디 있는지 아는 건 너뿐이잖아. 그런데 널 놓아주라고? 내가 바보인 줄 알아? 널 놓아주면 내 몫은 보지도 못하겠지! 정확한 장소를 알려주고 날 거기로 데려가지 않으면 네놈을 법에 넘길 거야."

바깥쪽에서 마치 말이 기수에게 저항하며 꿈틀거리며 몸부림치고 끙끙대는 듯한 희미한 신음이, 들린다기보다는 느껴지더니 이어 갑자기 털썩 쓰러지는 소리와 함께 항복을 인정하는 비굴한 목소리가 들려왔다. "내가 건 얼마 안 되는 돈이랑 같이 내 가방에 넣었어." 그가 씁쓸하게 말을 이었다. "그 사람 가방은 강물에 던졌고. 돈은 수도원의 내 침대에 있어. 성문 길에 들를 곳이 아직 남아 있는 상태라 내가 드나드는 건 아무도 신경을 안 쓰더라. 하긴 왜 그러겠어? 장부 처리는 알아서 다 해뒀어. 나랑 같이 가자. 그럼 돈을 줄게. 너한테 절반 넘게 줄게. 입만 다물고 날 풀어주면─"

"안에 계신 분들." 에디가 혐오감에 치를 떨며 우렁차게 외쳤다. "이리 나오십시오. 하느님의 이름으로, 제가 이 악당의 목을 잘라 사형집행인의 일을 빼앗기 전에 제발 이 썩어빠진 더러운 놈을 눈앞에서 치워주시지요. 나와서 우리가 잡은 놈이 누구인지 보십시오!"

그들은 숨은 곳에서 나왔다. 행정관은 범인이 도망치지 못하게 즉시 앞으로 나서서 뚜껑 문을 가로막았고, 캐드펠은 들보 위에 흩어진 건초와 지푸라기를 치우고 등잔을 안전하게 올려놓은 다음 부지런히 부시를 쳐서 불똥이 옮겨붙은 부싯깃으로 등잔 심지에 작은 불꽃을 피웠다. 에디의 포로가 체념하듯 욕설을 내뱉는가 싶더니 자신을 짓누른 몸뚱이를 밀치며 도망치려고 필사적으로 몸부림쳤지만, 복수심에 불타는 커다란 손이 가슴을 내리치자 널빤지 위로 납작하게 나가떨어졌다.

"이 자식이 감히, 감히!" 에디가 이를 갈며 외쳤다. "훔친 돈, 수도원에서 훔친 돈으로 나한테 아버지의 목숨을 사려고 해? 들으셨죠? 다 들으셨죠?"

행정관이 뚜껑 문으로 몸을 내밀어 헛간 아래 숨어 있던 부하 둘에게 휘파람 신호를 보냈다. 이 계획에 대해 들어보길 잘했다는 생각이 들었다. 부상자는 살아 있고, 회복도 잘 되고 있고, 돈도 안전한 곳에 온전히 보관되어 있으니, 모든 게 그의 공로로 인정될 것이다. 이제 죄수를 결박해 성으로 호송하고 수도원에 가서 돈을 찾기만 하면 되었다.

등잔 불꽃이 화르르 타오르며 다락을 노란빛으로 물들였다. 에디가 몸을 일으켜 포로에게서 물러섰다. 범인은 천천히, 시무룩

하게 허리를 세워 앉았다. 아직도 숨을 헐떡이면서 멍든 얼굴에 박힌 크고 순진한 눈을 끔벅이며 주변에 모인 사람들을 둘러보았다. 둥글둥글하고 앳되어 보이는 제이컵의 얼굴도 주변 사람들에게 드러났다. 모범적인 서기, 임대료 장부의 내용을 영민하게 이해하고, 스승의 신뢰와 인정을 듬뿍 받으며, 스승의 모든 짐, 특히 수도원의 임대료가 가득 든 돈주머니라는 짐을 덜어주기 위해 애쓴 청년.

제이컵의 얼굴은 상처투성이에 지저분했다. 언제나 밝고 활기차던 가면은 적대적이고 심술궂은 절망으로 움츠러들어 있었다. 그는 눈꺼풀을 깜박이며 사람들을 곁눈질했지만, 둥그렇게 둘러싼 포위망에서 벗어날 길은 없어 보였다. 그의 시선이 가장 오랫동안 머문 곳은 캐드펠의 어깨 너머에서 싱글거리고 있는 작고 명랑하고 구부정한 노인의 얼굴이었다. 주름졌으나 생기 넘치는 얼굴에 등잔불이 비치자 초점 없는 두 눈이 드러났다. 회색 조약돌처럼 불투명한, 그 무엇에도 반응하지 않는 눈이었다. 제이컵은 그를 빤히 쳐다보며 신음하더니 낮은 목소리로 거친 욕설을 퍼붓기 시작했다.

"그렇다네." 캐드펠 수사가 말했다. "자네로서는 이런 헛된 노력을 할 필요가 없었어. 솔직히 이 계획이 통할지 걱정했다네. 슈루즈베리 토박이라면 절대로 속지 않았을 테니까. 로드리 버한은 날 때부터 앞을 못 보았거든."

*

어떤 면에서는 적절한 결말이었다. 캐드펠 수사와 행정관이 수도원 문지기실에 도착한 시각, 워린 헤어풋은 수도원 전체가 깨어나면 자신이 손에 넣은 것을 안전하게 전달하기 위해 아침기도 종이 울리기만을 기다리던 차였다. 그는 불 꺼진 화로 옆에 앉아 한 손으로 거칠고 질긴 천 자루의 목을 꽉 움켜쥐고 있었다.

"밤새도록 놓지를 않더군요." 문지기가 말했다. "제가 옆에 앉지도 못하게 했어요."

하지만 워린은 그들을 보자 안도한 듯 지키고 있던 물건을 법집행관에게 넘겼다. 수도원장과 부수도원장은 아직 일어나지 않은 상태라, 그는 이 평수사를 증인 삼아 자루 입구를 열어 안에 든 동전들을 자랑스럽게 보여주었다.

"수사님께서 그러셨죠? 이걸 찾는 사람은 보상을 받을 수 있을지 모른다고요. 전 그 젊은 서기가 의심스러웠습니다. 너무 솔직해 보이는 사람은 절대로 믿지 않거든요! 만약 그가 훔친 게 맞는다면 돈을 최대한 빨리 숨겼을 거라고 생각했어요. 한데 그는 다른 수금원의 것과 비슷한 가방을 갖고 있으니, 그걸 차고 다니거나 그 안에 돈이 든 걸 봐도 아무도 이상하게 생각하지 않겠지요. 어쨌든 그 친구도 약간의 돈을 수금하러 다녔으니까요. 게다가 조금 늦게 돌아오더라도 처음 하는 일이라 예상보다 오래 걸렸다는 변명을 내놓을 수 있었을 테고요. 그래서 계속 그를 주시했어요. 그러다 오늘 밤 어두워진 뒤 그가 몰래 빠져나가는 모습을 보고 기회를 잡았지요. 짚을 채운 침대 깔개 구석에 꿰매어져 있더군요. 자, 여기 잃어버린 돈이 있으니 수도원장님께 대신 말씀 좀 해주세요. 요즘 장사가 잘 안 되는데, 가난한 행상인도 먹고살아야 한다고요……."

행정관은 그를 한참 동안 물끄러미 쳐다보다가 의아한 표정으로 물었다. "이걸 당신 짐 속에 숨겨 아침에 성문을 빠져나갈 생각은 안 들었소?"

워린이 쑥스러운 기색으로 소심한 눈빛을 던졌다. "글쎄요. 잠깐은 그랬을지도 모르겠습니다. 하지만 전 그런 짓을 했다가 운이 좋았던 적이 한 번도 없거든요. 항상 발각됐었죠. 지혜와 경험이 저를 정직하게 만들었습니다. 정직하게 얻은 작은 이익이 거짓으로 번 큰돈보다 낫고, 무엇보다 그 때문에 감옥에 가는 것보다 훨씬 낫다는 걸 알지요. 자, 수도원의 돈이 한 푼도 빠짐없이 여기 있습니다. 그러니 수도원장님께서 가난하고 선량한 이에게 공정함을 베풀어주시길 바랄 따름입니다."

작가의 말

 캐드펠 수사는 갑작스럽고도 예기치 않게 탄생했다. 이미 환갑이 다 된 나이에 성숙하고 노련하며, 삭발을 한 지 열일곱 해나 된 사람. 12세기 슈루즈베리 성 베드로 성 바오로 수도원의 실제 역사를 배경으로 살인이 발생하는 추리소설을 써보자는 발상에 사로잡혀 사건의 중심에 설 중세 시대의 탐정이자 관찰자요 정의의 대리인이 필요해졌을 때, 나는 필연적으로 그를 주인공으로 떠올렸다. 당시 나는 세상에 무엇을 내놓게 될지 몰랐고, 앞으로 긴 세월 동안 이 지독히도 까다로운 멘토에게 옭매이게 되리라고는 상상하지도 못 했다. 그를 주인공으로 여러 편의 시리즈를 쓸 생각도 없었다. 실제로 나는 곧바로 현대를 배경으로 하는 추리소설을 쓰기 시작했다. 하지만 후속편에 대한 유혹을 도저히

떨쳐내지 못하고 결국 슈루즈베리로 돌아갔다. 캐드펠 수사가 부수도원장과 함께 웨일스에 가 성 위니프리드[8]의 유골을 모셔 온 직후에 발생한 사건으로, 스티븐 왕[9]의 슈루즈베리 포위와 수비대 학살을 다룬 이야기였다. 그때부터 캐드펠 수사는 본격적으로 자신의 길을 걷기 시작했으니, 그 후로는 돌이킬 수 없었다.

첫 번째 소설의 거의 모든 사건이 웨일스에서 발생하는 데다 슈루즈베리의 역사가 늘 그랬듯 여러 후속작에서도 이야기가 국경 안팎을 자유롭게 넘나들었기에 캐드펠은 반드시 웨일스인이어야 했고, 자신의 고향에 친숙해야 했다. 캐드펠이라는 이름을 택한 건, 그것이 매우 희귀한 이름이기 때문이었다. 나는 웨일스 역사에서 그 이름을 딱 한 번밖에 발견하지 못했는데 그마저도 세례 후 사라져 다시는 등장하지 않는다. 성 카도그는 글러모건의 유명한 성인인 성 다비드와 동시대 인물이자 경쟁자로 캐드펠이라는 세례명을 받았으나, 존 로이드 경의 말마따나 주로 후대에 "친숙하게 알려진" 카도그라 불렸다. 이 성인은 더 이상 그 이름을 필요로 하지 않고 내가 아는 한 다른 곳에서도 등장하지 않으니 주인공의 이름으로 안성맞춤이었다. 캐드펠에게 성자의 이미지를 부여할 의도는 없었지만 실제로 성 카도그는, 적어도 전설에 따르면, 모욕을 당하기라도 하면 대부분의 우리 웨일스 동포들처럼 불같이 대응하며 쉽게 용서하지 않았던 것 같다. 내 주인공이 될 수사는 세상 경험이 풍부하고 인간의 희로애락에 대해 체념 섞인 관용을 지닌 인물이어야 했다. 그가 과거 십자군 참전

용사이자 바다를 누빈 뱃사람이었다는 사실, 그리고 당시 경험한 열정과 환멸에 대해서는 그의 첫 등장 시점부터 언급된다. 독자들은 나중에야 캐드펠이 세상을 방랑하던 시절에 어떠한 삶을 살았고 어떻게, 그리고 왜 지금과 같은 수사가 되었는지 궁금해하기 시작했다.

시리즈의 연속성을 위해서라도, 나는 시간을 거슬러 그의 십자군 시절에 대해 쓰고 싶지 않았다. 다른 무엇보다 캐드펠 시리즈는 해마다, 계절마다 꾸준히 시간의 흐름에 따라 진행되기에 그 점진적인 긴장감을 깨뜨리고 싶지 않았다. 하지만 단편소설을 통해 그의 소명을 조명하고 뒷이야기를 살짝 드러낼 기회가 왔을 때, 이를 기꺼이 활용했다.

그리하여 여기 그가 있다. 캐드펠은 개종자가 아니다. 그는 개종한 적이 없다. 비교적 단순한 신앙의 시대, 사람들이 아직 여러 분파와 종파와 정치가들의 빈번한 대립에 시달리거나 고통받지 않던 시대에 캐드펠은 어떤 의문도 품은 적 없는 순종적인 신도였다. 우드스톡으로 가는 길에 그에게 일어난 일은 그저 그때까지의 삶, 활동적이고 방랑기가 다분하며 종종 폭력적이었던 삶이 자연스럽게 그 끝에 도달하여 새로운 욕구와 도전에 직면했다는 내면의 계시를 받아들인 것에 불과하다.

인도에서는 큰 부와 권력을 지닌 이들이 특정한 시점이나 날짜로 결정되는 나이가 아니라 내면의 확신에 의한 깨달음에 이르렀을 때 모든 것을 버리고 탁발승의 노란 옷과 동냥 그릇 하나만 들고 세상 속으로, 세상 밖으로 떠나는 일이 심심찮게 일어난다. 노란 승복과 펑퍼짐한 검은 수도복 사이에 존재하는 전통과 풍습의 차이는 차치하고, 광야를 회랑 삼아 고독한 삶을 살며 세상의 절반을 돌아온 여행자가 갑자기 바깥세상과 단절된 벽 안에 들어앉는다는 점에서 캐드펠이 슈루즈베리 성 베드로 성 바오로 수도원에 입회한 것도 바로 그와 같은 행동이었다.

때때로 타당한 이유가 있다고 여길 때 규칙을 어길 수는 있을지언정, 그는 결코 수도회의 규율을 거스르거나 저버리지 않을 것이다.

엘리스 피터스, 1988년

주

1 헨리 왕 King Henry(1068~1135)

정복왕 윌리엄의 아들로, 1100년부터 1135년까지 잉글랜드를 다스린 헨리 1세를 가리킨다. 큰형 노르망디 공 로베르 2세를 물리치고 왕위에 올랐다.

2 정복왕 윌리엄 William the Conqueror(1028~1087)

윌리엄 1세. 1066년 잉글랜드의 왕이 되었다. '노르망디 공 윌리엄(William of Normand)'으로 불린다. 프랑스 북부 노르망디에서 아버지의 권력을 이어받은 그는 잉글랜드를 침공, 해럴드 2세를 상대로 승리함으로써 잉글랜드의 첫 번째 노르만 왕이 되었다. 장남인 노르망디 공 로베르 2세는 왕위를 놓고 헨리 1세와 다투다가 포로가 되어 생을 마쳤으며, 둘째 아들 윌리엄 2세는 1100년 사냥 중 화살에 맞아 사망했다. 막내 아들 헨리 1세는 윌리엄 2세가 사망한 후 잉글랜드 왕위를 이어받았다.

3 베네딕토회 Benedictine

베네딕토 규칙을 바탕으로 공동생활을 하는 가톨릭 공동체. 6세기 '누르시아의 베네딕토(성 베네딕토)'가 몬테 카시노에 창설하여 전 유럽에 퍼진 수도회의 일파다. 청빈, 순결, 복종을 맹세하고 규율이 매우 엄격한 삶을 강조했다. 집단적인 예배도 중요시하여, 수사들은 하루에

일곱 번씩 모여 찬송하고 기도하는 성무일도를 수행했다.

4 헤리버트 부수도원장/수도원장 Abbot Heribert(?~1138)
1127년 고드프리드 수도원장이 갑작스럽게 사망하자, 헤리버트 부수도원장은 수도원장이 되어 1138년까지 슈루즈베리 성 베드로 성 바오로 수도원을 이끌었다.

5 로버트 페넌트 부수도원장 Prior Robert Pennant(?~1168)
12세기 전반에 슈루즈베리 수도원의 부수도원장을 지냈고, 1148년부터 1168년까지 슈루즈베리 수도원의 수도원장을 지냈다. 성 위니프리드의 귀더린 순례를 담은 『성 위니프리드의 생애』를 남겼다.

6 슈루즈베리 성 베드로 성 바오로 수도원 the Shrewsbury abbey of Saint Peter and Saint Paul
잉글랜드 슈롭셔주에 위치한 수도원으로, 원래 성 베드로에게 헌정된 작은 목조 교회였으나 11세기 후반 성 베드로와 성 바오로 두 사도에게 헌정된 석조 건물로 개축되었다.

7 라둘푸스 수도원장 Abbot Radulfus(?~1148)
헤리버트 수도원장의 뒤를 이어 1138년부터 1148년까지 슈루즈베리 수도원의 수도원장을 지냈다.

8 성 위니프리드 Saint Winifred
홀리웰에 살았던 위니프리드에 관한 이야기는 중세 전설에 근거를 두고 있다. 그녀는 성 베이노의 조카이자 테비트라고 불리는 기사의 외동딸이었다. 크래독 왕자가 그녀를 겁탈하려 하자 달아났고, 분노한 왕자는 그녀의 목을 잘랐다. 하지만 성 베이노가 그녀를 되살렸고 새 생명을 얻은 위니프리드는 로마로 순례를 떠났다가 웨일스로 돌아와 귀더린 수녀회의 수도원장이 되었다고 전한다.

9 스티븐 왕 King Stephen(1092 또는 1096~1154)

정복왕 윌리엄의 외손자이며 잉글랜드 노르만 왕조의 네 번째 국왕. 외숙부이자 잉글랜드 왕인 헨리 1세(헨리 왕)가 살아 있을 때 헨리 1세의 딸인 모드 황후의 왕위 계승을 돕겠다고 서약했으나 1135년에 헨리 1세가 죽자 약속을 깨고 잉글랜드 군주의 자리를 차지했다.

캐드펠 수사 시리즈 21
특이한 베네딕토회:
캐드펠 수사의 등장

초판 발행. 2025년 6월 30일

지은이. 엘리스 피터스
옮긴이. 박슬라
펴낸이. 김정순
편집. 홍상희 허영수
마케팅. 이보민 손아영

펴낸곳. (주)북하우스 퍼블리셔스
출판등록. 1997년 9월 23일 제406-2003-055호
주소. 04043 서울시 마포구 양화로 12길 16-9(서교동 북앤빌딩)
전자우편. editor@bookhouse.co.kr
홈페이지. www.bookhouse.co.kr
전화번호. 02-3144-3123
팩스. 02-3144-3121

ISBN. 979-11-6405-317-9 04840

옮긴이. 박슬라
연세대학교에서 영문학과 심리학을 전공했으며, 현재 전문 번역가로 활동 중이다.
옮긴 책으로는『우리는 도시가 된다』『우리가 만드는 세계』『3막의 비극』
『다섯 번째 계절』『오벨리스크의 문』『석조 하늘』『스틱!』『페이크』『넘버스 스틱!』
『초거대 위협』『사고 싶어지는 것들의 비밀』『결정적 기회를 만드는 힘』등이 있다.